KB043542

우리가 사랑했던 정원에서

Dans ce jardin qu'on aimait

Dans ce jardin qu'on aimait
Pascal Quignard

우리가
사랑했던 정원에서

Dans ce jardin qu'on aimait

Pascal Quignard

파스칼 키냐르 지음
송의경 옮김

Franz

차례

일러두기

1. 이 책은 Pascal Quignard, *Dans ce jardin qu'on aimait*(Paris: Éditions Grasset, 2017)를 완역한 것이다.
2. 본문의 각주는 모두 옮긴이가 단 것이다.
3. 원서의 이탤릭체는 볼드체로 표시했다.
4. 성서 인용은 대한성서공회 개역개정판을 참조했다.
5. 책 제목은 겹낫표(『 』)로, 음악 작품은 홑낫표(「 」)로 표시했다.
6. 맞춤법과 외래어 표기는 국립국어원 표준국어대사전과 두산대백과사전을 우선적으로 따랐다.

들어가며

11월 초가 되어 밤이 무척 길어지며 겨울로 접어들 무렵이면 해마다 울새 한 마리가 나타나 정원을 뻔질나게 드나들며 강기슭을 독차지한다. 그즈음이 되면 유독성의 어렴풋한 계절성 우울증이 슬며시 찾아와 희미한 구름처럼 주변을 감돌다가 마침내 나를 집어삼킨다. 그리고 짓누른다. 거의 감당하기 힘들 정도로 버거워지다가 차츰 진짜 슬픔으로 변한다. 그러면 무슨 일거리든 찾아내야 한다. 시간을 보내거나 잊을 만한 소일거리가 필요하기 때문이다. 나는 침대로 들어가, 베개들을 차곡차곡 쌓고 이불을 겹겹이 덮어 추위를 물리쳐야 한다. 그렇게 해서 1989년 나는 잘 알려지지 않은 어느 음악가의 생애를 이야기해 볼 마음이 생겼다. 그는 1680년대에 무척 아름다운 비올라 다 감바 이중주곡을 작곡한 음악가로, 이름은 생트 콜롱브였다. 하지만 알려지지 않은 생애는 신열에 시달리면서 내가 지어낸 것이다. 그는 궁정에서 멀리 떨어진, 파리에서 먼 비에브르[1] 강변의 외딴집에서 살았다. 그에 대한 기억들과 삶의 편린들을 엮어 만들어 낸 이야기가 바로 『세상의 모든 아침 *Tous les matins du monde*』이다.

그로부터 25년이 지난 2016년 10월과 11월, 비가 잦아지며 난 감기에 걸렸고, 다시금 목이 죄어들고 메면서 기침이 났다. 고사리들이 누렇게 변하고, 가옥 본채[2]의 벽을 타고 오른 미국담쟁이덩굴에서 피처럼 새빨간 잎들이 떨어지고, 황금빛으로 물든 단풍나무 잎들이 한창 보기 좋을 때였다. 기나긴 겨울밤을 보낼 일거리가 필요했던 터라, 나는 무명의 다른 음악가의 삶을 이야기해 보고 싶은 생각이 들었다. 나 자신이 그의 곡을 많이 연주했을 뿐만 아니라, 그에 대해 일종의 존경심을 품고 있었다. 새들에 대한 그의 각별한 애정 때문이

1 비에브르Bièvre는 프랑스 일드프랑스의 강이다.

2 상스 욘 강변에 있는 키냐르의 집은 들어서면서 왼쪽에 본채 가옥과 강에 맞닿은 정원 그리고 오른쪽에 있는 별채 가옥 두 개로 이루어져 있다. 그는 손가락 관절염 때문에 강변의 습기를 피해 지금은 이 집을 비워 둔 채 파리의 아파트에서 지낸다.

었다. 성직자였던 그는 자연의 아름다움에 매료되어 신앙 생활을 등한히 했다. 숲의 노랫소리와 열한 개 빙하 호수의 물결 소리에 화답했다. 사제관을 둘러싼 손 모양의 기이한 두 호수는 뉴욕주의 핑거레이크스[3]였다. 그는 아주 짤막하고 매우 독특한 '야생 그대로의' 음악 시퀀스들을 기보했다. 그의 이름은 '시미언 피즈 체니'[4]였다. 제너시오[5]의 외딴 사제관—뉴욕 항에서 그리 멀지 않은—에서 살았고, 1890년에 사망했다.

체니 신부는—내가 아는 바로는—사제직에 있을 때, 즉 1860~1880년에 자신이 들었던 새소리, 즉 사제관 정원에 와서 지저귀던 새들의 모든 노래를 기보한 최초의 작곡가이다.

그는 심지어 꽉 잠기지 않은 살수 장치에서 마당의

3 핑거레이크스Finger Lakes는 미국 뉴욕주 서부의 호수군을 말한다. 여러 개의 좁고 긴 호수들이 마치 북쪽에서 남쪽을 향해 손을 펼친 모양으로 분포한 까닭에 붙여진 이름이다. 빙하가 이동하면서 침식으로 인해 생긴 저지에 물이 고여 형성된 빙하 호수이다.

4 시미언 피즈 체니Simeon Pease Cheney(1818~1890)는 음악학자로 새소리를 비롯해 온갖 자연의 소리를 기록하고 기보한 『야생 숲의 노트*Wood Notes Wild*』를 남겼다.

5 미국 뉴욕주에 있는 도시이다.

포석 위로 똑똑 떨어지는 물방울 소리도 기보했다.

겨울바람이 트렌치코트나 케이프 안으로 휘몰아칠 때 복도의 옷걸이에서 나는 독특한 소리까지도 옮겨 적었다.

갑자기 소리들로 웅성거리는 기이한 사제관에 나는 불현듯 매료되었다. 그리고 죽은 아내에 대한 그의 사랑이 끊임없이 서성이는 이 정원에서 행복해지기 시작했다.

*

드보르자크만이 유일하게 체니의 작품을 진지하게 받아들였다.

안토닌 드보르자크[6]가 아이오와의 작은 마을에서 휴가를 보내고 있었을 때이다. 그는 긴 의자를 잔디밭에 끌어다 놓고, 마음을 열어 손가락으로 샤프펜슬을 꽉 눌러 쥐고, 멜로디를 한 줄 한 줄 흥얼거리며, 1893년 여름 내내 갓 출간된 체니의 유일한 책 『야생 숲의 노트 *Wood Notes Wild*』를 읽었다. 이 책은 체니 사후에 딸 로

6 안토닌 드보르자크Antonín Dvořák(1841~1904)는 체코슬로바키아의 작곡가이다.

즈먼드가 자비로 출간한 유고집이었다. 비용은 노래와 첼로를 가르치고 받은 보잘것없는 레슨비를 모아 지불했다.

드보르자크는 그렇게—단지 제너시오 사제의 책을 읽고, 기보하면서, 혹은 나무들과 갈대밭에 가득한 새들의 소리를 채보하면서—명곡 현악 4중주 제12번[7]을 썼다.

*

이중의 이야기—인간을 의식하지 않은 채 저절로 흘러나오는 자연의 음악에 열광한 노老음악가와 부친의 묻혀 버린 작품을 어떻게든 알리려는 독신 여인의 운명에 관한—가 내 안에서 에세이나 소설이 아니라, 고대 일본의 노能[8] 공연과 매우 흡사하게, 즉 널찍한 무대에서 구슬프고, 느리게 움직이는, 차분하고 우아하면서도 격식을 차린 일련의 장면들로 형태를 갖추게 되었다.

*

7 일명 'The American'(우리나라에서는 '아메리카'로 통용된다)이라고 한다.

윌름 가의 고등사범학교 도서관에서 1982년 보스턴에서 발간된 시미언 피즈 체니의 초판본『야생 숲의 노트, 새소리 음악 악보*Wood Notes Wild, Notations of Bird Music*』의 복사본을 제공해 준 파스칼 아로즈 오브룅에게 감사드린다.

또한 애틀랜타 소재 조지아 공과대학의 스테파니 불라르에게도 심심한 감사를 표한다. 그녀는 워싱턴 소재 국회 도서관에서 시미언 피즈 체니의 생애에 관한 모든 연구를 수행해 주었다.

*

애초에는 늦가을 안개 속에서 지속되는 행복감에 도취되어 261쪽에 달하는 '새소리 악보'를 그저 무한 반복해서 연주하고 싶었을 뿐이다. 제너시오의 사제가 노트

8 노能 혹은 노가쿠能樂는 고대 일본의 전통 가면극으로, 무용과 음악을 결합한 일본식 오페라이다. 하지만 연기자 전원이 가면을 쓰고 전통 의상을 입는다는 점이 일반 오페라와 다르다. 배우들은 대사를 읊조리며 아주 느리게 움직인다. 출연자들의 집단 창작으로 끊임없이 개작, 수정되어 오늘에 이르는데 무대장치 없이 공연된다. 큰북, 작은북, 피리 등의 반주에 맞춰 가면을 쓰고 춤을 추는 지극히 단순하고 간소한 양식이다.

에 펜끝으로 깨알 같은 필체로 꼭꼭 눌러 쓴—들라맹의 정원에서 위대한 천재 작곡가 올리비에 메시앙[9]이 이런 생각을 떠올리기 100년 전에—책이었다. 복사된 지면들은, 드문드문 안개가 피어오르고, 백조들이 빵 부스러기를 찾아 물 위를 떠도는 욘 강변으로 옮겨졌다.

*

끝으로 시미언 피즈 체니가 『야생 숲의 노트』 3쪽에 기록한 구절을 여기 옮겨 적는다. 나는 이 구절에서 눈물이 핑 돌았다. "*Even inanimate things have their music. Listen to the water dropping from a faucet into a bucket partially filled* 생명이 없는 사물에게도 나름의 음악이 있다. 수도꼭지에서 반쯤 찬 양동이 속으로 똑똑 떨어지는 물소리에 귀 기울여 보시라." 양동이 바닥에 떨어지는 묘한 멜로디를 나는 끊임없이 연주했다. 2016년 7월 초 아비뇽 페스티벌에서 내가 마리 비알, 트리스탕 플로, 6개월 된 올뻬미, 열두 살 된 까

9 올리비에 메시앙Olivier Messiaen(1908~1992)은 프랑스의 작곡가로서 피아니스트, 오르간 주자로 활동했다. 피아노와 관현악을 위한 「새들의 눈뜸」(1952) 전곡에는 오롯이 새의 노랫소리로 가득 차 있다.

마귀 바 요와 함께 초연했던 「어둠 속의 강변La Rive dans le noir」 공연에 이 멜로디를 삽입했다. 그리고 2017년 초기 4개월간 파리, 툴롱, 말라코프, 타르브, 투르, 보르도, 르아브르, 캉, 엑스, 샤토루로 이어진 순회공연 내내 마찬가지로 이 멜로디가 쓰였다.

1

겨울 동굴에 틀어박혀 있던 나는 머릿속에 빛이 대각선으로 단순하게 둘로 나뉜 아주 어두운 무대가 떠올랐다.

대각선 빛은 거울 효과를 내는 길쭉한 유리 창문과도 같은 것으로 사제의 정원과 사택의 거실을 분리시켰다.

어두운 무대를 나누는 대각선 바로 바깥에 놓인 소품은 양철 물뿌리개 하나.

대각선 바로 안쪽에 있는 소품들은 다음과 같다. 여자용 케이프들과 개버딘 레인코트들, 외투들이 걸린 옷걸이 하나, 모자 몇 개, 챙 없는 모피 모자 하나, 외출용 지팡이 하나.

넓은 정원은 이렇게 유리창에 신기루처럼 비쳤다.

거실 내부, 즉 무대 오른쪽의 소품들은 이러하다. 1815년 무렵—영미전쟁[1]으로 거슬러 올라가는—의 작은 고물 업라이트 피아노 한 대, 보면대를 에워싼 놋쇠나 구리 재질의 작은 촛대들. 이 촛대들 덕분에 어둠이 내린 저녁때 노사제가 집무실에서 돌아오면 혼자 일할 수 있다.

그가 문을 밀었다.

어둠 속에서 귓가에 하얀 머리칼 몇 올뿐인 삐쩍 마른 한 늙은 남자가 들어왔다. 대머리가 달빛을 받아 반짝반짝 빛난다.

검은색 옷차림인 그는 손에 쇠테 안경을 쥐고 있다. 캄캄한 어둠 속에서 낡은 피아노로 다가간다.

성냥갑을 집는다. 가지가 여럿인 장식용 촛대의 작은 초들에 하나씩 끈기 있게 불을 붙인다. 일단 불이 붙어 타오르기 시작한 초들이 오선지 위로 빛을 발한다.

어둠 속의 검은 형체—어둠과 시간에 묻혀 거의 보이지 않는 연로한 이 남자—가 피아노 의자에 앉는다.

구부정한 그는 동그란 낡은 철제 안경을 쓰고, 자신이 기록하는 생생한 음악을 독보讀譜하며 눈 아래 펼쳐

1 1812년 6월부터 1815년 2월까지 영국과 미국 사이에 벌어진 전쟁을 말한다.

진 악보의 짧은 소절들을 연주한다. 느리게 움직이는 거의 두루뭉실한 검은 형체의 이 사람은 사라진 존재들의 귀환을 돕는 이다.

내레이터

1860년 미국의 한 사제가 사제관 정원의
풀숲과 조약돌이 깔린 작은 오솔길에
떨어지는 빗방울 소리를 기보했습니다.
그곳에 와서 둥지를 틀고, 나뭇가지에 앉고,
나뭇잎 아래 숨는 새들의 모든 노랫소리를
몇 달, 몇 계절, 몇 년이 흐르는 동안
옮겨 적었습니다.
그의 이름은 시미언 피즈 체니랍니다.
체니 사제는 브론테 신부[2]가 말년을 보내던

2 패트릭 브론테Patrick Brontë(1777~1861)는 아일랜드 출신으로 요크셔의 소도시 하워스에서 목회 활동을 한 성공회 사제이며 작가이다. 역시 작가였던 세 딸(샬럿, 에밀리, 앤)은 폐렴 혹은 결핵으로 젊은 나이에 사망했다. 그는 자녀들을 기숙학교에 보냈고, 당시 기숙학교의 생활상은 후일 샬럿 브론테의 『제인 에어』에 생생하게 묘사된다. 세 자매의 생가인 하워스의 사제관은 아직까지 잘 보존되고 있다.

바로 그 시기에 살았습니다. 브론테 신부의
세 딸과 아들은 이미 사망한 뒤였지요.
사제는 그의 가장 아름다운 강론 중 하나에
이렇게 썼습니다.
「마태복음」 제13장 9절에서 하느님은
말씀하셨습니다.
"*Audiat* 들어라!
귀 있는 자는 들으라 하시니라!"
오직 노래하는 새들이 있을 뿐입니다!
주방의 돌계단 옆에서, 함석 홈통 아래서,
똑똑 떨어지는 빗방울 소리를 내며 울고 있는
양동이는 하나의 시편입니다!
겨울에, 사제관 복도로 난 현관문을 잠시
열면, 옷걸이에 걸린 케이프들과 모자들이
소용돌이치며 넘실거리는 아르페지오,
그것 역시 *Te Deum* 찬미가[3]입니다!

3 라틴어 *Te Deum*은 '하느님 당신에게'라는 의미로 '찬미가'를 가리킨다. 성 암브로시우스(340?~397)의 사은 찬미가 첫 번째 줄 "*Te Deum laudamus, te Dominum confitemur* 주 하느님, 주님이신 당신을 찬미하나이다"의 첫 두 단어에서 유래했다.

제가 사제관 복도에서 바람이 옷걸이 안으로
휘몰아치며 만들어 내는 음악 한 곡을 들려
드리겠습니다.

검은 형체의 내레이터가 어둠 속에서 연주자가 된다. 건반 뚜껑을 열자, 비단실로 수놓은 좁다란 건반 보호용 벨벳 띠가 나타난다.

화려하고 보드라운 긴 리본 띠를 벗겨 낸다.

낡은 피아노의 상아 건반들과 그 빛, 흑단 건반들과 그 반사광이 솟아오른다.

사제가 수놓인 벨벳 띠를 천천히 왼손에 둘러 감는다. 이제 녹색 새틴 안감이 눈에 들어온다.

그는 벨벳과 비단 소재의 작은 원뿔을 피아노 위에 놓는다. 회양목 테두리의 작은 액자 옆이다. 검은 비단 띠가 사선으로 가늘게 쳐진 액자에 미시즈 에바 로잘바 밴스 체니의 사진이 들어 있다. 그녀는 스물넷에 아이를 낳다가 죽었다.

갑자기 그가 고개를 숙인다.

건반 위에서 두 손을 둥글게 구부린다. 어둠 속에서 촛불들이 빛난다.

침묵이 도사리게 기다린다.

내레이터가 연주를 시작한다. 눈 아래 펼쳐진 시미언 피즈 체니의 악보를 처음부터 끝까지 연주한다.

내레이터

우산들, 양복 재킷들, 외투들,
봄철용 연한색의 개버딘 레인코트들,
담비 털이나 검은담비 털 칼라가 달린
큼직한 겨울 외투들,
여우 털 칼라가 달린 케이프들,
중절모자들, 챙 달린 모피 모자들,
가죽 장갑들,
끈기 있게 뜨개질한 널찍한 숄들,
그것들 모두가 제각기 나름의 노래를 지니고
있답니다.
복도로 퍼져 거실까지 이르는, 매번 다르게
들리는 살랑거림이나 가냘픈 사각거림,
천 사이를 비집고 들어가는 재빠른 소리,
검고 매끄러운 혹은 더 노리끼리하고
반지르르한 방수복들 위에서
휘릭휘릭 휘파람 소리가 나는,
조각조각 잇대어 꿰매고 기운

죽은 짐승 가죽이나 토끼 가죽에 가로막혀
약화된,
양모와 펠트 사이에서 '슈' 소리를 내는
특이한 불협화음이 그런 거지요.

차츰 어슴푸레함이 걷힌다. 정원에 희미한 빛이 나타난다. 멀리, 쉰네 살 된 한 남자가 정원으로 들어선다. 프록코트를 꼭 여민 차림이다. 빳빳한 하얀 칼라, 길고 네모진 하얀 턱수염이 보인다.

유일하게 남은 사진 그대로의 모습인 시미언 피즈 체니 사제가 나타난다. 1848년 셸링[4]이 베를린의 자택 거실에서 찍은 멋진 은판 사진과 흡사하다.

그의 두 손에는 다쳐서 신음하며 파닥거리는 작은 티티새 한 마리가 들려 있다.

온통 갈색인 새는 그의 손가락 사이에서 날아 보려고 약간 퍼덕인다. 시미언은 두 손을 오므려 새를 손바닥에 가둔다. 쪼그리고 앉는다. 무대 가장자리의 작은

4 프리드리히 빌헬름 요제프 폰 셸링Friedrich Wilhelm Joseph von Schelling(1775~1854)은 독일 고전주의 철학의 대표자 중 한 사람으로 꼽힌다.

나무 새장에 새를 집어넣는다. 새장 옆에 작은 나뭇조각을 놓는다. 프록코트 주머니에서 작은 실 꾸러미를 꺼낸다. 부목副木을 만들 참이다. 갑자기 하던 일을 멈춘다.

시미언

안 되겠어, 우선 맛있는 죽을 좀 줘야겠구나!

사제는 일어나서 오른쪽 무대를 떠나 무대를 에워싼 커튼 폭이 접히며 생긴 어둠 속으로 들어간다.

손에 오목한 그릇을 들고 돌아온다. 작은 사기그릇에 담긴 식빵과 우유로 만든 죽을 저으면서. 하지만 그는 죽을 젓는 작은 숟가락이 아니라 뭔가 다른 것에 골몰해 있음이 역력하다. 거실에서 서성인다. 꿈을 꾸는 사람처럼, 자신과 대화를 나누는 사람처럼, 낡은 집을 구경시켜 주는 사람처럼, 자신이 기억하는 어느 세계로 옮겨 가고 싶은 사람처럼.

시미언

여기, 창가에, 빛이 들어오는 곳에

커다란 안락의자가 있었지.

여기, 불 앞에는 노란 벨벳의
나지막한 작은 의자가 있었고.
행복했던 순간이 아주 생생하게 떠오르는군.
1842년과 1843년이었어. 난 행복했어.
한없이 행복했지.
사실 젊은 내 아내는 겨우 사제관만 정리했을
뿐이야. 이내 정원에 홀딱 빠져 버렸으니까.
봄철 내내 정원만 돌봤어.
단 한 번의 봄. 이듬해 봄엔……

사제는 울음을 터뜨린다. 앉으려고 한다.
손에 그릇을 들고 피아노 의자에, 내레이터 옆에 앉는다.

시미언

바로 이듬해 봄, 아내는 딸 로즈먼드를 낳고
죽었어. 해산 직후 침대에서 죽었지.
아내는 침대에서 창 너머로 우리 부부의
두 번째 봄이 움트는 걸 보았어.
새들이 지저귀기 시작했지.
아내는 작은 숲과 연못까지 갖춘 정원의

규모에 소위 **마법에라도 걸린** 것 같았어.
아내는 노상 밖에서 살다시피 했거든.
집안일은 사실상 내가 도맡아했지.
때때로 음식을 만들고, 서재에서
강론 원고를 쓰고, 교구 여신자들이 오면
거실의 '창문 겸 문'을 열고 맞이했으니까.
차를 끓이고, 버터가 듬뿍 들어간 튈[5]과
바삭거리는 설탕 과자, 비스킷, 랑그드샤,[6]
향료가 든 빵과자, 축제날 먹는 푸딩을 대접한
것도 나였어. 아내는 줄곧 정원에 틀어박혀
있었거든. 아내는 행복해했어.
외바퀴 손수레를 밀면서, 손에 꽃삽을,
가위를, 작은 낫을, 물뿌리개를 쥐고서……

내레이터

그녀는 머리칼을 치켜 올려 밀짚모자 밑으로
밀어 넣었지요.

5 튈tuile은 기와 모양의 비스킷이다.

6 랑그드샤langue-de-chat는 고양이 혀처럼 납작하고 긴 비스킷이다.

정원 끝에,

버드나무들, 그리고 산사나무와 섞여

개암나무들이 자라는 곳에

박하나무들 속을 비틀거리며 걸어

연못에서 1미터 혹은 1미터 반 되는 곳에,

가족이 입회한 가운데

유해가 뿌려졌습니다.

남편은 아내를

연못에 뿌렸습니다.

사랑했던 아내의 유해를 천천히 물 위로

흘려보냈고,

자신의 시선을 쏟아부었고,

자신의 숨결을 퍼뜨렸고,

기슭에 사슬로 맨 균형 잡힌 보트에

올라탔고,

한 손을 들어 아직 온기가 남은 그녀의 삶을

뿌렸습니다.

그녀의 몸은 어두운 물의 회색빛 수면 위에,

줄지어 매인 배들의 검은 형체들 옆에

거의 그대로 떠 있습니다.

흩어진 유해들이 밤의 숨결 속에서
차츰 눅눅해지며,
느리게, 느리게 물로 젖어 들어가다가
이윽고 사라집니다.
입을 쩍 벌린 작은 잉어들과 모셈치들이 있는
물속에서 차츰 사라져 갔습니다.
희한하게도 물고기들의 입가에
하얀 테두리가 생겼네요.
참으로 아름답던 갈색 머리의
젊은 여인은 그렇게 잔잔한 회색빛 수면
아래로 사라졌습니다.
갓 낳은 딸을
방 안 요람 속에
홀로 남겨 둔 채 말입니다.

한창 젊은 나이의 어머니는
그렇게 물에 비친 나뭇가지들의
움직이지 않는 그림자 아래로 사라졌고,
연못에 비치는 지나가는 하얀 구름의
그림자들 아래로 사라졌고,
잎사귀들 틈새를 꿰뚫는 황금빛 햇살의

반사광 아래로 사라졌습니다.

사라졌단 말입니다, 당신이 사랑했던 아내가,
연못 속으로,
나룻배 옆으로,
그녀가 사랑했던 정원 한가운데로.

그녀가 심은 커다란 장미 덤불숲 앞에서 그는 말문이 막히고 만다.

본인의 이름이 에바 로잘바 밴스 체니라서 심은 새잡이들의 나무 마가목 앞에서,[7]

떡갈나무 바로 옆 아카시아 앞에서,

기슭의 오솔길에 심어진 버드나무와 개암나무, 등나무 앞에서 그는 발길을 돌리지 못한다.

시미언

차마 떠날 수 없어 벤치에 앉아 있는 거야.
내 몸이 어둠에 휩싸일 때까지.

7 '로잘바'는 장미를 뜻하며, 마가목은 장미과 나무이다.

슬픈 가운데서도 불행하다는 생각은
들지 않아.
나도, 소위 말하는 마법에 걸렸나 봐,
아내가 사랑했던 이 정원에서,
내가 사랑하는 이 정원에서,
그리고 남아 있는 노래 안에서
나는 행복해.

그녀의 정원에서 내가 정말로 행복해지는
이유는 심지어 이렇게 말할 수 있어.
아내가 사랑했던 정원에 있으면 나 자신이
그녀 안에 들어 있는 것처럼 느껴지기
때문이라고.
살아 있는
그녀의 내면에
살아 있는 나.

사제가 어둠 속에서 일어난다. 작은 그릇에 가득 담긴 죽을 다시 숟가락으로 휘휘 젓는다.

시미언

아내의 봉긋한 젖가슴은 하얗고 작았어.
머리칼은 검붉은 빛이 도는
아름다운 갈색이었고.
아내는 점심 식사 후에 이따금
앤틸리스 제도[8]산 가느다란 여송연을
즐겨 피웠지.
연기가 날씬한 몸 깊숙이 들어가
블라우스 안쪽으로, 목걸이 아래로,
봉긋하고 보드라운 골 진 젖무덤 아래로
돌아 나올 때까지 기다렸어.
한참 뒤 희미한 연기가 반쯤 벌어진 입술의
선을 따라 새어 나오지.
숨을 내쉬지 않아도,
연기는 천천히 아름다운 입을 빠져나와.
노르스름한 회색빛 연기가 나선을 그리며
동그란 뺨 주변에서 둥글게 말리다가,
느릿느릿 귀를,

8 카리브해 서인도 제도에서 바하마 제도를 제외한 섬들이다.

귓바퀴를, 외이外耳를 에워싸고,
귀 위로 말아 올린 밤색, 적갈색, 검은색
빛깔의 땋은 머리에 스며들고,
그곳에 머물러 있는 것이
마치 강기슭을 따라 늘어선 거추장스러운
덤불숲의 산사나무들을 휘감은 안개가
그곳에 머무르는 것과 아주 비슷해.
한데 그녀는, 그녀는, 그녀는,
내가 모르는 뭔가를 꿈꾸는 모양이야.
자세도 늘 아주 꼿꼿하지.
내 마음속의 그녀, 에바 로잘바 밴스 체니는
언제나 자세가 아주 똑바르단 말이야.
나이는 스물넷, 훌쩍 큰 키에 가녀린 몸매고.
어깨에 애교점이 하나 있고.
몸무게는 아마 57, 아니 58,
아니 60킬로그램쯤 될걸.
붉은빛 도는 갈색 머리칼에선 늘 오렌지와
오디 향과 앤틸리스 제도산 담배 냄새가
좀 났어.
정원에 나갈 때는 겨울이든 여름이든 손수
뜨개질한 양모 스웨터를 걸쳤는데, 어찌나

큰지 겨우 가녀린 손가락 끝만 살짝 나왔지.
하의로는 양쪽 주머니가 무릎께에서
흔들리는 일종의 남성용 바지를 입었고
말이야.
다림질 따위는 전혀 한 적 없는
허름한 청색 마 바지였어.
밑단은 흙투성이였고.

사제는 다친 조그만 갈색 티티새가 기다리는 새장 옆에 서 있다.

꿇어앉아 새장 문을 연다.

새에게 먹이를 주자, 새는 기쁘고 만족한 듯 작은 소리를 낸다.

잠시 후 그가 다시 일어선다.

시미언

에바는 매일 아침 9시 반이 되면 집 안으로
들어와 간단한 요깃거리를 만들었어.
달걀 프라이를 먹고 작은 잔에
포도주를 따라 마셨지.
익힌 차가운 샐러드를 먹었고.

때로는 아티초크를 먹었는데, 앞에 쌓인
잎사귀들을 잠자코 사발 안에 넣었지.
그녀의 모습이 보여.
접시 가장자리에 천일염을 약간 뿌리고 있네.

저녁 식사 준비를 마치고 나면 아내는,
내가 교회에서, 제너시오 우체국에서,
약국에서, 교구의 어느 신자 집에서,
보안관의 집에서 귀가하기를 기다리면서
이따금 아몬드 여섯 알을 아페리티프 삼아
먹었지.
절대 한 알도 더 먹지 않았어.
혹시 쌍둥이 아몬드가 있으면, 둘 중 큰 쪽은
내게 주고 오그라진 아몬드는 자기 몫으로
여겼어. 우리는 함께 아몬드를 깨물며 소원을
빌었어. 아내는 종종 마을 농부가 제조한
가공되지 않은 포도주를 작고 동그란 잔에
따라 주었지. 나는 얼른 볶은 아몬드에
천일염을 뿌렸어. 그리고 아내에게 이렇게
말하며 권했지.
"좀 먹어 봐. 바람만 휙 불어도 당신이

날아가겠는걸."

그녀는 이렇게 대답했어.

"바람이 왜 필요해요? 당신이 정원 문만 열어도 그럴 텐데요."

2

ℰ

무대 안쪽에 갑자기 정오의 햇살이 홍건하게 비친다.

로즈먼드 체니가 자전거를 타고 나타난다.

제동을 걸고, 발로 자전거를 고정시키고는, 자전거 뒤쪽으로 가 안장주머니에서 커다란 밤색 봉지를 꺼낸다.

스물여덟 살이다. 제너시오의 약국 겸 식료품점에 다녀오는 길이다.

젊은 여인은 열려 있는 문을 겸한 창의 문턱을 넘어선다. 사 온 물건을 식탁 위에 전부 풀어놓는다. 그것들에 대해 말한다.

로즈먼드

이건 새로 나온 비누인데 타임 에센스 향이
나는 거예요.

시미언 피즈 체니 사제의 딸이 비누를 흔들어 보인다.
미스 로즈먼드 에바 체니가 아버지에게 비누를 내민다.

로즈먼드

아빠! 나한테서 그 향이 나나 맡아 봐요!

사제가 딸에게 다가간다.

시미언

그렇구나, 사랑스러운 내 딸!

로즈먼드

얼마나 향이 좋은지 보세요!

딸이 아버지의 코밑에 비누를 들이댄다.
사제가 킁킁 냄새를 맡지만, 그다지 동의하지 않는 눈치다.

시미언

응, 그런 것 같구나.

로즈먼드

전 이 향내가 참 좋아요.

어디선가 읽었는데, 사향, 용연향, 정향丁香,

다마스쿠스 장미향, 백단향, 이런 게 인간의

삶에 주어진 유일한 순례의 길이라네요.

다섯 번의 휴지休止.[1] 다섯 가지 향.

하나도 더해서는 안 된대요.

시미언

다시 말해 보렴!

젊은 여인이 수를 센다. 다섯 손가락을 차례로 꼽아가며.

로즈먼드

1. 사향, 2. 용연향, 3. 정향,

4. 다마스쿠스 장미향, 5. 백단향.

1 예수가 십자가를 지고 골고다 언덕을 오르는 길에서 몇 차례 걸음을 멈추고 쉬었던 것을 다섯 번의 휴지station라고 표현하고 있다.

시미언

그리 독실하지 못하구나, 네 성지순례란 것이!

로즈먼드

복음서 말씀이라곤 안 했거든요.

그냥 순전히 과학적인 것일 뿐이라고요.

오늘 아침 제너시오 시 지역신문에서 읽은

기사예요.

시미언

로즈먼드!

로즈먼드

네.

시미언

로즈먼드, 내 딸아!

로즈먼드

네.

시미언

난 네가 떠났으면 해.

로즈먼드

저보고 떠나라고요?

시미언

그래.

로즈먼드

저보고 나가라는 건가요?

시미언

그래.

로즈먼드

집을 떠나라 그 말씀이세요?

시미언

그래.

로즈먼드

이유가 뭐죠?

시미언

더 이상 널 보고 싶지 않아서란다.

무대 전체가 갑자기 칠흑처럼 캄캄하고 극도로 농밀한 어둠에 잠긴다.

내레이터

사방에서 날벌레들이 날아다니다
죽었습니다. 온종일 비가 내렸어요.
바람 한 점 없이 아주 뜨뜻한 빗줄기가
수직으로 내리긋는 야릇한 비였고,
시클라멘을 짓이겨 놓으면서 풀 위로
쏟아지는 기세가 꺾일 줄 모르더군요.
그런데 희한하게도 새들만은 추적추적
내리는 이 비가 불편하지 않은지
날아다녔어요.
새들은 오솔길을 따라서, 수풀 속에서,
여름이 선사한 무성한 초목 아래서,

얕은 나뭇가지에서 여전히 지저귑니다.
하지만 새들의 노랫소리에서, 멜로디에서
가을이 올 때마다 매년 뭔가가 변합니다.
무언가가 차츰 잠잠해지고, 외짝이 되다가,
가을에 와해되는 거지요.
어둠 속에서 여러분께 말을 하는 저는,
그럴 때 느끼는 감정을 어떻게 표현해야 할지
모르겠습니다.
빛나는 무엇이 여전히 약간 반짝이지만,
노란빛이 약해진 태양은 낮게 떠 있습니다.
해가 뿜어내는 빛은 약해졌어도 그로 인해
나무의 그루터기, 몸통, 요컨대 나무들,
우물, 정원을 에워싼 낮은 담장이 드리우는
그림자는 훨씬 길어집니다.
강물도 훨씬 차가워지고요.
물뿌리개는 아예 무용지물이 돼 버리죠!
'이렇게 비가 오는데 물뿌리개가 무슨
소용일까?'라는 생각이 들 거든요.
저녁마다 장성한 딸이 아버지에게 와서 볼에
입을 맞출 때, 그의 두 뺨은 차디찹니다.
심지어 턱수염은 더 차갑고, 더 뻣뻣하고,

더 콕콕 찌릅니다.
'창문 겸 문'으로 들어오는 아버지와 딸은
젖은 풀을 밟아 신발 밑창도 젖은 탓에
타일 바닥에 온통 축축한 신발 자국을
남깁니다.

콧물이 흐른다.

밖에서 걷거나 집을 향해 발걸음을 뗄 때마다 흙이 살짝 쳐들리면서 그윽한 버섯 향이 피어오른다.

그것은 이끼의, 눅눅해진 나뭇잎의, 적갈색 고사리의, 괄태충의, 맥주의 향이다.

햇살이 희미하게 조금만 비쳐도 정원의 낮은 담장에 들러붙은 송악에서는 달콤한 냄새가 난다.

오직 야행성 새들만이 밤마다 아주 나지막한 소리로 목 메인 짧은 지저귐을 아름답고 서투르게 잦은 변주 없이 표현한다.

겨울이 코앞에 닥친지라 이내 뚝뚝 끊어지다 중단되는 소리들.

이미 추위에 얼어 버린 듯한 멜로디들.

모습은 거의 보이지 않는 노老음악가가 금눈쇠올빼

미[2]의 독특한 울음소리를 기보한 시미언 피즈 체니의 악보를 보며 피아노 연주를 한다.

가슴을 후비는 곡조가 끝나 가는 어둠 속에서 멎는다.

고요한 가운데 정원에서, 정원 위로 차츰 여명이 밝아 온다.

로즈먼드 체니가 가방을 들고 나타난다. 새벽의 장밋빛에 살짝 물든 유리 창문 앞에 가방을 내려놓는다.

물뿌리개 바로 옆이다.

젊은 여인은 아버지를 향해 돌아선다. 아버지는 끝나 가는 밤의 어둠 속에서 안락의자에 앉은 채 반쯤 잠들어 있다.

로즈먼드

얘기 좀 할 수 있어요?

실내화를 신은 잠옷 차림의 텁수룩한 사제가 눈을 비빈다.

피곤해 보인다. 커다란 안락의자에서 일어난다.

2 부엉이과에 속하며 올빼미 중에서 가장 작은 종으로 길이가 약 23~27.5센티미터이다.

갑자기 짜증이 난 듯하다.

시미언

그럴 필요가 있겠냐?

로즈먼드

네. 있어요.

로즈먼드는 아버지 앞에 쭈그리고 앉아 아버지 손을 부여잡는다. 그리고 애원한다. 아주 나지막하게 말한다.

로즈먼드

아빠, 제가 뭘 잘못했나요?

시미언

그런 거 없다. 넌 아무 잘못도 안 했다.

로즈먼드

그럼 왜 절 쫓아내는 건데요?

시미언

안심해! 마음 놓아라, 사랑하는 로즈야!

넌 잘못한 거 하나도 없으니까, 얘야……

로즈먼드

그렇다면 왜 갑자기 "자, 딸아, 내게서 떨어져

다오"라고 말씀하신 거예요?

시미언

그래, 내가 좀 그렇게 말했지.

딸은 아버지의 손을 놓고, 두 손으로 자신의 눈을 가린다.

울음이 복받친 듯 털썩 주저앉아 오랫동안 소리 없이 흐느낀다. 둥글게 퍼진 원피스 자락에 가린 두 발에 엉덩이를 얹은 채로.

무대 안쪽, 왼쪽의 정원에서 동이 트며 차츰 장밋빛이 진해진다.

로즈먼드

그럼 왜요? 아빠가 더 이상 절 사랑하지 않는

이유가 뭔데요?

시미언

아니, 널 사랑한단다.

로즈먼드

그런데요?

다시 긴 침묵, 그러는 동안 어둠이 완전히 걷히고 날이 밝는다.

로즈먼드가 시미언을 향해 고개를 든다.

젊은 여인이 아버지를 바라본다. 새벽빛에 그들의 얼굴이 차츰 드러난다.

아버지도 딸을 바라본다.

아침이 되면서 원피스와 조끼도 점차 붉은빛을 띤다.

젊은 여인은 무척 미인이다.

시미언

딸아, 정말 그 이유가 알고 싶으냐?

로즈먼드

네. 알아야겠어요.

시미언

네 나이가 곧 몇이 되지?

로즈먼드

스물여덟이요.

시미언

네 엄마는 몇 살 때 돌아가셨지?

로즈먼드

스물넷이요.

시미언

그게 이유란다. 갑자기 죽은 네 엄마보다
넌 나이가 더 들었어. 엄마가 널 낳고,
내 품에서 세상을 떠났을 때 말이지.
엄마는 네게 젖을 물릴 시간조차 없었지……

그의 목소리가 갈라진다.

사제는 더 크게, 점점 더 격앙된 어조로 말하다가 자리에서 일어난다.

시미언

게다가 넌 점점 더 엄마를 닮아 가는구나.
늦게나마 엄마를 쏙 빼닮아 가고 있어!
(울부짖는다.) 살아 있는 널 보는 게 나로선
얼마나 견디기 힘든지 넌 모를 거다!
내가 늙는다거나 죽을 거라는 사실이 무서운
게 아니라, 네가 나이 먹어 가는 걸 보는 게
견딜 수 없단 말이야!

로즈먼드는 한동안 괴로워서 울부짖는다.

그녀는 엎드려 기다가 일어나서 사제관 거실로 향한다. 거실은 온통 새벽빛에 빨갛게 물들어 있다.

로즈먼드

살아 있는 딸을 보는 게 정말로 괴롭다는
말씀이시죠!

아버지는 마치 여명 속의 유령처럼 헐렁한 하얀 잠옷 차림으로 그 자리에 못 박힌 듯 서서 딸이 고통스러워하며 거실 한가운데서 뱅뱅 도는 모습을 바라본다. 그 모습은 마치 우리에 갇힌 호랑이나 새끼 곰 같다.

그는 딸을 와락 끌어안아 춤을 멈추게 한다.

시미언

네 엄마를 사랑했단다.

로즈먼드

그런데 딸은 사랑하지 않는군요.

시미언

오! 로즈먼드! 한 여인을 사랑한다는 것과
딸을 사랑하는 것은 엄연히 다르단다.
너도 그쯤은 당연히 알 거야! 아직은 너무
순진해서 이해가 안 되니? 내가 널 사랑하지
않는 게 아니잖니, 로즈, 사랑하는 내 딸.
말하자면 내가 다른 미로의 포로이기
때문이란다. 네가 부재하는 미로.
네가 빠져나가야 하는 미로.

넌 사제관을 떠나야 해.
넌 정원에서 벗어나야 해.
내게는 아내가 사랑하던 기막히게 멋진
정원이지만, 네게는 벗어나야 할 **감옥**이니까
말이야.
감옥? 오, 회양목과 개암나무, 산사나무, 강과
등심초의 미로인 그곳에서 난, 난 말이지,
정말 행복하단다.

로즈먼드

아빠, 행복하세요?

시미언

점점 더 행복해진단다.

로즈먼드

무슨 말씀인지 전혀 모르겠어요.

시미언

이 집이 내겐 미로란다. 이 정원이 내겐
미로란 말이야. 물론 사람인 그녀, 에바,

네 엄마가 아니라고. 난 미친 게 아냐.
하지만 이 정원은, 그녀가 수태했던 거니까
그녀의 얼굴인 셈이지.
왜냐하면 정원이란 얼굴이거든!
그저 꽃을 심은 화단이 아니야.
그저 채소밭이 아니란다. 더구나 흐드러지게
핀 백합이며 국화, 글라디올러스의 보급소는
더더욱 아니지. 우리는 성인들에게 경의를
표하고자 축일이면 교회 꽃병에 꽂으려고,
주 예수의 희생을 기려 제단보에
올려놓으려고,
죽은 가족을 추모하기 위해 무덤 판석에
놓으려고 꽃을 꺾잖니.
정원은 늙지 않는 신비로운 얼굴이란다.

오, 심지어 나날이 젊어지는
경이로운 얼굴이야.
계절마다 한층 아름다워지는 얼굴이지.
나는 점점 더 아름다워지는 미궁에 빠져
있단다.
이곳의 모든 정수를 지키고,

이곳의 색깔들을 다채롭게 늘리고,
이곳의 모든 씨앗을 한 알씩 봉투에 넣어
학명을 기입하고,
이곳의 나뭇가지에서 노래하며 살아가는
온갖 새의 노랫소리를 기보하기 시작했단다.

로즈먼드

저는 존재하지 않는군요.
제 마음이 아프네요.

시미언

그래, 로즈먼드, 네 기분이 어떨지 짐작이
간다. 아니 네가 생각지도 **못 하는** 뭔가를
내가 생각한다는 편이 차라리 맞을 거야.
그래서 네가 떠나는 것만이 최선이라는
생각이다. 넌, 여기 말고 다른 도시에 가도
솔페지오와 피아노, 노래 교습을 썩 잘 해낼
수 있을 거야.
가령 로체스터[3]나 메러디스[4]에서 말이지.
아니면 대서양이 보이는 뉴욕의
작은 항구에서 가르칠 수도 있고. 넌 나이가

들어가잖니. 머지않아 늙은 딸이 되겠지.
그리고 곧 꼬부랑 할머니가 될 게다.
떠나거라! 넌 내게 필요 없어. 한 번도
필요했던 적이 없었다니까. 떠나. 떠나라고.

로즈먼드

아빠 미쳤어요. 저와 아무 상관도 없는
'정원-박물관' 이야기를 하고 계시잖아요.
말도 안 되는 핑계를 대시는 거라고요.
누군가와 결혼하고 싶으신 거예요?

시미언

아니다. 그건 정말 아냐.

로즈먼드

왜 재혼하시지 않는 건데요?

3 뉴욕주에서 세 번째로 큰 도시로 먼로 카운티에 있다.

4 뉴욕주 델라웨어 카운티에 있는 마을이다.

시미언

난 네 엄마만 사랑했어. 오직 그녀만 사랑해. 어떻게 설명해야 할지 모르겠구나. 사랑이란 말로 설명할 수 없단다. 무슨 말이냐 하면, 사랑은 절대적인 거니까. 사랑에 유통 기한 따위는 없어. 사랑하는 그녀와 비교할 만한 여자는 절대로 없단다.

자, 이제 그녀와 단둘이 있게 해 주렴.

로즈먼드

아니, 아빠, 미쳤군요. 지금 아빠가 뭘 하고 계시는지 모르는 거 같네요. 30년 전에 돌아가신 엄마 때문에 절 쫓아내고 있는 거라고요!

시미언

28년 전이야.

로즈먼드

28년 전이요. 아빤 정신 나간 노인이 되셨어요.

시미언

그래.

로즈먼드

아버지에게 쫓겨나는 것보다 딸에게
더 끔찍한 일이 있을까요?

시미언

물론 그럴 테지. 아마도. 그런데 애야.
들으면 훨씬 더 괴롭겠지만
한번 들어 볼 테냐.
어느 날 깊은 슬픔에 잠겨 있는데, 문득
모든 죽음에는 어떤 원인이 있다는
생각이 들더구나.
바로 네가 그 원인이야. 너만 아니었어도
엄마는 살았을 텐데.

로즈먼드

정말 잔인하세요.

시미언

사실 뭐 네가 어쩐 것은 아니지.

그저 태어났을 뿐이니까.

아무런 책임이 없다 해도

딸아, 어쨌든 넌 태어났어.

게다가 내가 보기에도 넌 참 아름다워.

네 엄마보다 훨씬 더 아름다워진 것 같아.

피아노 위에 놓인 사진 속의 엄마보다 훨씬

아름답잖니. 내 마음 깊은 곳의 그녀가

시샘을 하는구나. 네 나이가 엄마보다 많아.

넌 일종의 경쟁자 같은 존재가 된 거란다.

로즈먼드

말도 안 돼요.

시미언

아니, 근거 없는 말이 아니란다, 얘야,

단언컨대. 내 느낌을 말하는 거니까.

사제는 별안간 입을 다문다.

안락의자로 돌아온다.

의자에 앉아 침묵한다. 몹시 지쳐 있다.

로즈먼드

아빠는 날 멀리 떼어놓고 싶으신 거예요.

시미언

맞아.

네가 여기서 멀리 떠나면 좋겠어.

여기가 아닌 다른 곳으로.

그러자 로즈먼드 체니는 눈을 가리지도 않고, 마치 냇물이 풀숲을 적시듯 조용히 울기 시작한다.

거리낌 없이 흐느끼며 앞으로 나온다. 다친 티티새의 새장이 놓인 무대 가장자리로 다가간다.

쭈그리고 앉아 두 손으로 새장을 잡는다. 가슴에 껴안는다.

내레이터

우리는 짐승의 털 아래, 갑각甲殼 아래,

깃털 아래, 옷 아래 숨겨진 보물을

마음으로 꿰뚫어 봅니다.

작은 심장,
가련한 새는 그녀의 피부 아래에서 가까스로
지저귀고,
그녀의 젖가슴 아래에서 바르르 떨다가
소스라쳐 뛰어오르는군요!
그녀의 두 다리 사이로 황급히 몸을
움츠렸다가
느닷없이 꼼지락대는 가련한 새!
아무리 정숙해도 젊은 여인의 육체가 항상
감싸여 지낼 수만은 없습니다.
아버지 마음속에 있는 자신의 어머니를
언제까지 대신할 수도 없습니다.
계속 아버지를 모실 수는 없습니다.
홀로된 아버지를 위해 딸이 과부 노릇을
할 수는 없습니다.
아버지의 식사를 위해 요리사가, 집안일을
돌보기 위해 가정부가, 환자를 보살피기 위해
간호사가 되면 안 되는 겁니다.

시미언

새장도 가져가는구나!

로즈먼드

네. 이 새도 새장도 다 가져갈래요. 아빠가 그러셨잖아요. 예전에 엄마가 저 주려고 이 새장을 사셨다고요.

시미언

28년 전에.

로즈먼드

아빠는 정원의 새들을 가지시면 되잖아요!

시미언

그러마.

그녀는 갈색 티티새가 들어 있는 새장을 가져다 가방 옆에 놓는다.

문득 자존심을 회복한 듯 몸을 돌려 아버지에게 이렇게 말한다.

로즈먼드

어쨌든 간에 떠나고 싶었어요. 대도시로 가서

음악을 가르쳐 볼 생각이에요.
저도 (갑자기 격한 어조로), 혹시 아빠가
들으실까 전전긍긍하며, 침대 속에서
제 몸이나 더듬으며 평생 혼자 살 생각은
없으니까요!

시미언

왜 그렇게 말하는 거냐? 아비에게 왜 그렇게
말하지?

로즈먼드

어릴 때부터 전 존재감이 없는 것 같아요.
아빠가 일하시는 방에 들어가도,
아빠는 거기 계시지 않는 것 같고요.
집에 들어와도 내 집인 것 같지 않고요.
제가 마치 손님 같더라고요.
가끔 철문 앞에서 초인종을 누르고
싶어진다니까요! 끔찍한 일이죠.

시미언

사실 네 삶에 대체로 나는 부재하지.

심지어 이렇게 말할 수도 있어, 얘야.
넌 내 자식이지만, 그건 내 알 바가 아니라고.
네 삶이 내 인생은 아니니까. 네 엄마가
내 삶이란다. 난 그녀를 사랑해.
그녀의 기억을 놓치고 싶지 않아. 난 늘
그녀의 시선을 느끼며 살고 있단다.
그녀의 죽음이 죽어 버리게
하고 싶지 않은 거야.
네 엄마는 아주 쾌활하고, 결단력 있고,
독립적이고, 에너지가 넘쳤지.
얼마나 키가 크고, 날씬하고, 아름다웠는지
몰라!
나는 지금 그녀를 지켜 주는 거란다.
지속시키는 거라고.
내가 그녀를 자기 수명보다 더 오래 살게 하는
역할을 하는 것 같아.
그녀가 가장 사랑했던 것들 속에서 나 혼자
있고 싶구나.
그녀의 정원, 버드나무숲, 장미원, 나룻배,
식사들, 열정들, 요리법들, 광채들……

로즈먼드

그럼 엄마는 절 사랑하지 않았나요?

시미언

한 시간! 가엾은 내 딸! 아홉 달 기다렸다가
한 시간 사랑했지! 한 시간이 뭐니?
넌 이 시간이 기억나니?

로즈먼드

아뇨.
아빠도 엄마의 죽음을 받아들일 만한 시간적
여유조차 없었던 거로군요.

시미언

아마 그럴 게다. 하지만 로즈먼드, 로즈먼드,
네 모습을 보렴!

사제가 갑자기 일어나더니, 잠옷 바람으로 무대를 달려가, 딸의 양어깨를 부여잡고, 대각선으로 비치는 빛 앞으로 강제로 데려간다. 그녀의 모습이 유리창에 거울처럼 비친다.

그녀에게 유리창에 비친 모습을 억지로 보게 한다.

로즈먼드

뭐…… 괜찮은데요! 이건 저예요!

저라고요, 로즈먼드!

시미언

아니 (아주 나지막하게) 너 아니야.

참으로 멋지구나.

한데 애석하게도 그건 네가 아니야!

유리창에 비친 모습은

네 모습으로 솟아나온 바로 그녀인걸!

사제는 흥분된 듯하다.

뭔가를 찾으러 무대 오른쪽으로, 피아노 뒤쪽의 어둠 속으로 간다.

자개 상자를 가지고 돌아와, 자신이 앉았던 안락의자에 딸을 엄숙한 태도로 앉힌다.

자개 상자를 연다.

물건들을 하나씩 꺼낸다.

그 수를 센다.

시미언

네게 주마.

1. 너 때문에 죽기 전에 엄마가 만들었던
   신생아용 팔찌!
2. 지금부터 28년 전에 받은 세례 메달.
3. 너의 대모 테시가 준 은잔.
4. 네 이름 머리글자를 새겼어야 하는데,
   저런, 내 실수로 엄마의 이름 '*Eva*'가
   새겨진 달걀 담는 그릇.
5. 엄숙한 성체배령의 작은 금목걸이.
6. 네 요람 옆 침대에서 갑자기 죽음을 맞는
   순간 엄마가 목에, 손목에, 손가락에
   지녔던 것을 제외한 엄마 소유의 보석 일체.

로즈먼드는 일언반구 말이 없다.

말없이 오래도록 아버지를 바라볼 뿐이다.

두 손을 내밀어 자개 상자를 집더니 자리에서 일어난다.

로즈먼드는 '창문 겸 문' 쪽으로 가서 물뿌리개 옆에 쭈그리고 앉아, 자개 상자를 가방 깊숙이 밀어 넣고, 가방을 잠그고 일어선다.

한 손에는 가방을 들고, 다른 한 손으로는 새장 손잡이를 쥔다.

대각선의 빛을 넘어간다.

새벽의 순수한 빛 속으로 들어선다. 로즈먼드는 아침 역마차를 탄다.

3

무대는 캄캄하다. 칠흑 같은 어둠이다.

날마다 찾아오는 밤은 얼마나 야릇한 실체substance인가!

얼마나 기이한 질료가 자연에 배어들며 세상을 집어삼키는가!

공간의 맨끝을 뚫어지게 바라보면, 낮이 끝나며 시작되는 어둠에는 끝이 없는 듯하다.

매년 겨울이 시작되면 밤이 더욱 깊어질까 두려워진다. 결코 끝나지 않고 영원히 지속될 것만 같다.

내레이터

그는 혼자 남았습니다. 더 이상 교구의
수많은 남녀 신도를 돌보지 않았습니다. 그는
행복했습니다.

지극히 자유롭다고 느꼈고요.
하지만 하루 일과에서 자신을 매료시키는
것들을 일일이 수첩이나 오선지에 기보할
시간은 그리 넉넉지 못했지요.
그는 연못에 떨어지며 찰랑거리는
빗방울 소리를 기보했습니다.
둥근 돌 우물의 어둠 속으로 빈 두레박이
수직으로 내려갈 때, 종처럼 생긴
이상한 두레박 뚜껑에 우물의 쇠사슬이
부딪치는 소리를 기보했습니다.
정원 입구, 퇴비 옆, 허섭스레기 목재로
지어진 초라한 뒷간 문이 바람에 흔들리며
내는 삐거덕 소리, 그리고 분뇨통 위에
쭈그리고 앉아 문을 닫을 때 놋쇠 문고리에서
나는 짤그랑 소리를 기보했습니다.
수많은 작은 불꽃이 발산되며 불에서 나는
탁탁 튀는 소리,
나무가 툭툭 갈라지는 소리,
마치 신이 휙 지나가듯 예기치 못한 바람이
벽난로 속으로 세게 불어닥치자, 장작의
습기가 한순간 바싹 말라 타오르며 솟구치는

불길의 갑작스러운 분출을 표현했습니다.
오직 그녀에게 바치는 추억들, 그녀를
연상시키는 자신만 아는 기억들,
사소하지만 은밀한 장면들을 기입했습니다.
대부분 눈물이 글썽한 채로 기록했습니다.
끈들이 풀려 느슨해지며 배에서 흘러내려
침실 마루에 둔탁하게 툭 떨어지는 치마,
속치마, 원피스 구겨지는 소리.
커다랗고 하얀 불길 같은 여인의
아름다운 육체가 흘러내린 옷들 위에
서 있다가 옷들을 건너뛰는 소리.
갑자기 잽싸고 어렴풋한 소리를 내다
스러지는 슬리퍼 소리.
불현듯, 한밤중에, 사랑하는 여인이 벽
한구석의 큰 도자기 요강에,
나무 뚜껑을 열고, 오줌 누는 소리.

지극히 혼란스러운 꿈속에서도
인간의 영혼은 자초지종을 인지하듯이,
인간의 청력은 연속된 음들 뒤에 감춰진
곡조를 감지할 수 있습니다.

마찬가지로 인간이 짐승과 구분되던
인류 초기에, 우리는 어둠 속에서 고개를
들어 밤하늘을 바라보며 별들 가운데서
짐승의 환영을 보았습니다. 짐승은 자신의
포식자인 인간의 뇌리에서 떠나지 않는
존재가 되어 그림의 소재로 빈번하게
나타나거나 꿈속으로 귀환하여 끔찍한
비난을 퍼부었지요.

실재實在의 원소들과 전혀 무관한
투사된 의미의 환영들은 밤 동안 꿈이 우리
눈앞에 펼쳐 보이는 매혹적인 이미지에서
어떻게 아름다움을 걷어 내는 것일까요?
인광燐光, 반짝임, 자연스럽게 저절로
변형되는 불안정한 형태, 이런 것들은
수면 중에 내키지 않아도 바라봐야 되는
이들을 끊임없이 놀라게 합니다.
이런 것들이 자신들로 인해 격해지는 감정에
휩쓸리지 않는 이유는 무엇일까요?
이런 것들이 심지어 기이하고 과장된
춤사위의 동작들과는 어떤 점에서 다를까요?

이런 것들은 꿀벌들의 날개 아래, 아이들의
발뒤꿈치 아래, 깡충거리는 토끼의 두 엉덩이,
사랑을 향해 거리를 달려가는 여인의
큰 걸음걸이에 깃들어 있다고 여겨집니다.
또 우리들 인간은 도저히 뛰어오를 수 없는
지붕, 굴뚝, 나뭇가지, 빗물받이 홈통에
이왕이면 아주 우아하게 뛰어오르기
위해 바야흐로 느닷없는 비상을 예비하는
마치 털북숭이 새 같은 고양이의 바르르
떨리는 엉덩이와 살랑거리는 꼬리에 있다고
말입니다.

캄캄한 무대가 온통 하얗게 바뀐다. 그가 말했다. "*Una lentezza meditata*명상하듯 느리게." 쌀이나 밀가루처럼 농도가 짙은 하얀색이다. 화가 조르조 모란디[1]가 볼

1 조르조 모란디Giorgio Morandi(1890~1964)는 이탈리아의 화가로 샤르댕과 세잔의 전통을 이어받은 20세기 정물화와 풍경화의 거장이다. 평생 자신이 태어난 볼로냐에 살면서 3평도 안 되는 침실을 작업실로 삼아 그림을 그렸다. 특히 도자기나 글라스 등을 그린 정물화를 통해 조용하고 깊이 있는 존재의 세계를 창출했다는 평을 받는다.

로나 시내 중심가로 이어지는 매우 완만하고 평온한 구릉에 위치한 두 칸짜리 작업실에서 생화生花들과 물병들, 꽃병들을 그리기 전에 뿌리던 그런 하얀색이다.

제너시오 교구의 사제가 철문을 밀고, 눈 내리는 정원을 지나 들어온다.

시미언은 눈 덮인 외투를 옷걸이에 건다.

챙 없는 모피 모자를 벗는다. 손등으로 모자에 묻은 눈을 툭툭 털어 낸다.

대각선의 빛 앞에 가서 세심하게 머리를 매만진다. 옷매무새를 살핀다.

시미언

옷을 갈아입어야겠어. 어깨가 흠뻑 젖었네.
등이 몹시 시리군.

내레이터

그는 옷을 갈아입어야 합니다. 양어깨와
어깨뼈가 꽁꽁 얼었습니다. 프록코트가
몹시 낡았지만 새것을 장만할 생각이
전혀 없습니다. 등이 차디차군요. 낮에도,
저녁에도, 끝없이 캄캄한 밤에도, 일종의

고독한 은자로 변한 사제의 제너시오 교구
사택에는 더 이상 집 안을 돌볼 사람이
없습니다. 소매의 팔꿈치를 기우고 꿰맬
사람이 없습니다. 셔츠의 깃을 빨고 다림질할
사람이 없습니다.

사제는 주머니에서 볼록 유리 뚜껑의 둥근 회중시계를 꺼내 피아노 위에 놓는다.

시미언

5시밖에 안 됐군. 어느새 아무것도
보이지 않네. 올겨울은 정말 추워!
찻물을 끓일 시간이야. 잭슨[2] 대통령 시절의
피아노에 벌써 촛불들을 밝혀야겠어.

사제는 성냥갑을 집어 뚜껑을 밀고, 성냥 한 개비를

2 앤드루 잭슨Andrew Jackson(1767~1845)은 미국의 군인 겸 정치가이다. 미국의 제7대(1829~1837) 대통령으로 영미전쟁(1812~1815)에서 민병대를 인솔하고 영국군과 싸워 뉴올리언스의 교외에서 격파한 전쟁 영웅이기도 하다.

꺼내서 긋고는, 악보를 둘러싼 구리 촛대에 꽂힌 작은 초들에 하나씩 차례로 불을 붙인다. 성냥갑을 피아노 위에 놓는다. 영미전쟁 시대의 낡은 피아노 위에 놓인 사진에 시선이 머문다.

검은 비단 띠가 쳐진 작은 회양목 액자를 두 손으로 잡는다.

스물세 살 아름다운 아내의 얼굴 사진에 눈을 바싹 들이댄다.

내레이터

그가 스물세 살 때인 아내의 아름다운 얼굴을
물끄러미 바라봅니다.
옛날 사진을 넋을 잃고 보느라 잠자코
있는 듯합니다. 실은 마음속에 말들이
몰려들고 있는 거지요. 속에서 들끓는
말들을 혼자 중얼거리고 있습니다.
이 비슷한 말들을요.
"오, 우리 침실에서 딸아이를 낳다 죽은 당신,
여보, 우린 서로 알게 된 지 얼마 되지도
않았는데. 내 힘껏 당신을 사랑하고 싶었어,
당신이 살아 있을 때 말이야.

살아 있는 당신을 오래오래 사랑하고 싶었지.
평생토록 사랑하고 싶었다고.

끊임없이 길이 사라졌어,
우리의 발이
정원 화단에 푹푹 파묻히던 마지막 날들,
막달이라 몸이 몹시 무거운 당신은
엄지장갑 낀 두 손으로
산만한 배를 떠받치고 있었지,
에바 로잘바 밴스,
당신의 귀여운 이름처럼 장밋빛인
작은 엄지장갑,
펑펑 쏟아지는 눈을 맞으며,
당신은 눈밭에서 종종걸음을 쳤어.
고요하게 내리는 눈송이들이 쌓이며
우리 발자국을 금세 지워 버렸지.
산파가 당신에게서 조그만 아이를 꺼냈을 때
비명을 지르던 당신은 살아 돌아오지
못했어."

사제는 프록코트를 벗고, 셔츠의 단추를 푼다.

웃통을 벗은 채로 옷장에서 실내 가운을 꺼내 걸친다. 이제 옷장에서 아내의 옷들을 꺼낸다. 아내의 낡은 옷들을 식탁 위에 늘어놓는다.

시미언

이 원피스는 내가 참 좋아했던 거야.

내레이터

꿈이란 낮 동안의 억압에서 풀려나는
욕망이라거나,
잠이 깰까 봐 수면 중에 느껴지는 허기를
달래는 것,
목구멍의 갈증을 구슬리는 것,
느닷없는 욕망, 몸을 타고 스멀스멀 올라오는
설명할 수 없는 근질거림을 속이는 그런 것에
불과한 게 아닙니다.
꿈이란 무엇일까요?
꿈은 무엇보다 회귀이며,
비가시적인 무엇이 가시적인 것으로
나타나는, 그렇다고 현실이나 낮에는 영향을
주지 않는 기이한 반복입니다.

유해 위로 형체를 갖춘 육신이 일어서는
신비한 부활입니다.
쌓인 눈을 헤치고 나오는 고사리 새싹들처럼
싸라기눈의 층을 꿰뚫고 새순들이 움트는
겁니다.
부재하는 얼굴들이 촛불의 불길 속으로
회귀하고,
사라진 존재들이 교회당 중앙 홀의
어둠 속에서 활활 타오르는
큰 양초의 불길 속에서 어른거리거나,
캄캄한 밤하늘의 초승달 빛에 흔들립니다.
만질 수도 없고 요지부동인 바람에 실려,
보지 않으려 해도 막무가내로 덤벼드는,
무슨 수를 써도 피할 수 없는,
움켜쥘 수도 예측할 수도 없는 변화무쌍한
이미지들,
이 얼마나 신비한 밀물입니까!

홀아비가 된 남편은 아내가 정원 작업용으로 입던 낡은 체크무늬 스웨터를 펼치고, 밑단에 아직 흙이 묻어 있는 꺼칠꺼칠한 천의 큼직한 청색 바지를 탁탁 턴다.

그가 두드린다. 예전 옷들을 탁탁 두드려 먼지며 이끼, 이파리 조각들을 털어 낸다.

시미언

이렇게 두드려서 과거의 먼지를
털어 내야겠어. 두드려서 예전 빛깔을
되살려야지.
두드려서 옛날에 스며든 아내의 체취를
좀 맡아 봐야겠어.
감미로운 젊은 땀 냄새가 조금은 날 거야.
두드리면 이 소매에 들어 있던 팔들이,
이 양모에 감싸였던 희고 보드라운 봉긋한
작은 젖가슴이 기억나고,
매번 빨 때마다 일일이 다림질하기 싫어 하던
파란 마 바지에 감싸였던
쭉 뻗은 하얀 다리도 기억날 거야.
그래 봐야 소용이 없구나.

비틀고, 두드리고, 닦아 내고, 긁고, 털고,
흔들어 보건만, 부질없구나!
두툼한 리넨 천을,

하얀 물결이 이는 양모 천을,
보드라운 단색 플란넬 천을,
줄무늬 진 벨벳 천을 손바닥으로 쓸어 봐도,
아무 소용이 없구나.

외투의 모피 칼라를,
깃이 높은 회색 실크 블라우스를,
워싱턴 침공 시절 고물 피아노의
부드럽고 매끄러운 얼룩진 건반을
손가락으로 눌러 보건만,
전혀 소용이 없구나.

영국인들이 워싱턴을 함락하고 포위했던
시절의
오, 낡은 상아 건반!

내가 의사에게 이렇게 말했어. "애를 살려요!
애가 우선이에요!"라고. 내가 잘못한 걸까?
여보, 여보, 저승에서
당신은 날 원망하고 있어? 날 나무라진 않고?
질책하는 게 당연하겠지?

당신이 너무 고통스러워했거든.

하지만 생각할수록, 생각을 붙잡고

늘어질수록, 되새길수록 점점 내 결정이

전혀 옳지 않았다는 생각이 들어.

나는 왜 당신의 죽음을 선택했을까?

알다시피 우리 딸자식보다 당신을 더

사랑했는데 말이야. 그 앨 당신 뱃속에

놔두고, 그 애보다 당신을 살려야 했어!

당신이 피 흘리고, 피투성이가 되어 비명을

지르고, 흐느끼고, 죽게 놔두면 안 되는

거였다고!

난 자식보다 당신을 더 사랑해.

오직 당신만 사랑했다고.

당신만 사랑해.

희미한 빛의 선 뒤로 달이 떠오른다.

지금 사제는 식탁에 '혼자 먹는 두 사람 몫'의 식사를 차린다.

접시, 스푼, 나이프, 포크, 유리잔, 냅킨을 놓는다.

티티새 한 마리가 왼쪽에서 무대로 날아든다.

시미언

오, 너구나, 네가 누군지 알아!
괘종시계 소리를 썩 잘 내는 녀석이지.
어느 가을 저녁에 다친
갈색 티티새의 남편이잖아!
로즈먼드가 아직 여기 살고 있었을 때지.
밤처럼 갈색인 네 짝은 내 딸이 데리고
떠나 버려 이젠 없단다!

그는 새에게 손등을 내민다.
검은 티티새는 손목까지 날아와 프록코트 소맷부리를 움켜잡고 노란 부리를 박는다.
사제는 새를 정원 쪽으로 데려간다.
'창문 겸 문'을 연다.
새가 정원으로 날아간다.

시미언

두 사람 몫의 식탁을 차려야지. 그러면
저녁마다 당신과 함께 식사하는 거잖아.
이렇게 말할 수도 있겠네.
"실은 나와 함께, 결국은 나 혼자, 일단

해가 지면 내 리듬대로 먹는 게 나는 좋아.
혼잣말을 하는 것도 좋고."
생각해 보면, 내 혼잣말이 꽤 흥미롭게
여겨질 때가 종종 있어.
때로는 자화자찬도 하지. 내가 "아! 시미언,
방금 전에 한 그 말은 아주 심오한걸!"이라고
나 자신에게 말해 주는 거야.
나 자신을 좀 치켜세우면 기분이 좋아져.
나한테 도움이 되거든. 그러니 여보,
너그러운 당신이 이해해 줘.

사제는 식탁보를 매끈하게 가다듬고, 다림질한 냅킨들 위에 둥근 냅킨 고리 두 개를 올려놓는다.
크리스털 물병 뚜껑을 열고 포도주를 따른다.
빵을 쪼갠다. 두 개의 포크 옆에 쪼갠 빵을 배분한다.

내레이터
실은 그는 포도주를 따르거나 빵을 쪼개지
않습니다. 하얀 수염이 길게 늘어진 노인의
생각은 이렇습니다.
"오, 여보, 내가 어떻게 그럴 수 있겠어?

성당 화장 가마에서 당신이 활활 타는 걸
내 눈으로 봤는데. 그리고 정원 깊숙이
줄지어 선 갈대들 뒤편의 연못에 내 손으로
재를 뿌렸는걸.
오, 여보! 당신은 한창 젊은 나이에 죽었잖아!
보드라운 두 뺨에는
아직 유년기의 솜털이 보송보송했는걸!
어깨 맨 위에 애교점이 있는 당신은
정말 아름다웠다고.
맨살의 두 팔을 올려 올림머리를 풀면 검붉은
긴 머리칼들이 와락 흘러내려
백옥같이 하얀 피부로 흩어졌지.
내가 당신에게 수의를 입혔어!
내가 수의를 입혔다고!
불구덩이에 밀어 넣기 전에 당신에게 수의를
입히는 일만은 누구에게도 맡기지 않았다고!
마지막에 남는 건 고통뿐이더군!

결국 오롯이 고통만 남더라고!
결국에, 마침내, 마지막에 남는 건 고통이야!
고통 자체가 여정 같은 거라서 그래.

바람직한 여정, 생각보다 아주 괜찮은
여정이야, 고통이란 게!
뭔가에 홀린 듯한 경이로운 여정이지!

사랑하는 여인을 갑자기 잃게 되면 말문이
막혀 버려.
어떤 말도 할 수 없는 탓에 아무에게도 말을
못하건만, 주위 사람들, 성가신 자들,
가족이 설쳐 대는 거야.
그들은 말도 언제나 지나치게 많이 한단
말이야. 나처럼 사랑했던 게 아니라서
함부로 입을 놀리는 거겠지.
애써 친절을 베푸는 그들의 노력 자체가
날 도망치게 만들어.
내 머릿속엔 오직 한 가지 생각뿐이야.
그래, 그들을 피해 숨자.
난 그들과 고통을 나누고 싶지 않아.
무엇보다도 그들이 지껄이는 장례 담화와
매우 수상쩍고 이기적이며 무례하고 거짓된
한심한 기억에서 벗어나고 싶은 거야.

위로라는 발상 자체가 난 너무 싫어!
조의란 얼마나 역겨운 개념인지!
차라리 고통스러운 게 낫다고!

'자신의 고통을 나누는 건 배신이다.'
이게 늘 속으로 생각했던 바야!
죽은 이들과 홀로,
독대하고 싶어.
옛 존재의 추억들, 말없는 이미지들,
세세한 수많은 일을
혼자 되새기고 싶은 거지!
그녀의 모습에서 내 맘속 깊이 간직된
내면의 얼굴을 아주 오래오래
평화롭게 바라보고 싶은 거라고.
오, 유령으로 변한 프레그넌스[3]의
삼투작용이여!
습관들, 시간들, 냄새들,
그 도정을 하나하나, 처음부터 끝까지,

3 프레그넌스pregnance는 심리학 용어로 지각이나 기억에 대한 강한 호소력을 의미한다.

빠짐없이 온전하게 다시 살펴보는 것은
얼마나 감미로운 기쁨인가!
아주 오랫동안 서로 의지하며 함께했던,
소박하고 허물없고 마음 찡한 일상의 삶을
하나씩 모조리 되살아 보는,
씁쓸한 행복!

일단 어둠이 내려 조문객들이
모두 떠나고 나면, 친지들이 생각하듯
그렇게 불행하진 않아.
혼자, 달랑 혼자가 되면, 슬픔이 서린
진한 기쁨을 절절하게 느끼게 되거든.
밤에, 절대 고독을 느끼는 가운데
사랑했던 여인 곁에서 말없이 혼란스러움을
고백할 수 있잖아.
아직은 사라진 그녀에게 말할 수 있으니까.
죽은 여인, 내가 사랑했던 여인, 그녀의 체취,
음성, 음색, 가느다란 여송연, 머리칼, 정원,
정원을 돌보는 일상의 작업, 이런 것들이
좋은 동반자였는데,
나이가 드니 정원일도 할 수가 없군.

지금은 우리 둘 중에서 나만 늙어 가기
때문이야.

산이 보이는 것은 구름이 걷혀서가 아니야.
갑자기 비가 그치고 두 손에 황금빛 햇살이
가득해지는 것은 산이 문득 하늘에 온전한
자태를 드러내기 때문이야.
하지만 우리가 행복한 것은
아직 살아 있어서가 아니지.
놀라운 것은, 죽어서도 우리는
여전히 서로의 품에 안겨 있다는 거야.

나는 꿈이 기도를 넘어선다고 생각해.
우리는 침묵을 깨고 흐느끼며 잠에서
깨어나지.
의식儀式은 소리 없는 복원과 같은 것이므로,
제대로 올리려면 혼자일 필요가 있어.
말없이 과묵한 전례는 기도보다 더 강력하고,
더 효과적이고, 더 매력적이지.
아주 세심한 주의가 필요한 의식이라고.
왜냐하면 신자보다, 전례보다,

광기 어린 숭배보다 더욱 믿을 만한 거니까!
이 의식은 슬픔이 가득한 상처 입은
축제일망정 그럼에도 의당 축제잖아.
재회가 마련되니까 말이지!”

이제 사제는 식탁을 떠나 피아노로 간다.

시미언은 피아노 위에서 아내의 사진이 담긴, 검은 비단 띠가 쳐진 작은 액자를 집어 느린 동작으로 뒤집어 놓는다.

내레이터가 사제를 바라본다.

내레이터

이따금 추억은 기억을 멈추게 합니다.
이따금 영혼은 가혹한 흔적보다
더 생생합니다.
이따금 사랑하는 망자의 얼굴이 우리 자신의
얼굴로 기어오르다
머뭇거리고
심지어 쉬어 가기도 합니다.

우리가 손을 잡는 한 손에, 손가락 뼈 사이에

우리가 끼워 준 반짝이는 옛날 반지가 언뜻
보입니다.

뱃속 깊이 도사린 고통이,
공중으로 뛰어오르는 고양이처럼
시간을 초월해 솟구칩니다.
그 편이 망각보다 훨씬 더 낫지요.
우리 것이 아닌 눈물이 두 뺨을 타고
흐르지만 아무도 알지 못합니다.
하지만 당신, 당신만은 당신의 마음속
깊은 곳에서 옛날의 누군가가 울고 있다는
것을 압니다.

사제는 내레이터의 어깨에 살며시 손을 얹는다.

이제 시미언 피즈 체니가 말을 이어받는다. 콧노래를 부르듯이 아주 나지막한 목소리로 내레이터에게 말한다.

시미언

죽은 사람들 앞에서 죽은 사람들에 관해
말하면 안 돼.

귀가 아직 듣고 있거든.
그들과 관련된 노래는 추억에 자기를 띠게 해
모든 고통을 목구멍 속으로 끌어들여.
무슨 수를 써도 그들을 즉시 땅에 묻을 수
없어.
무슨 수를 써도 그들을 타오르는 불길에
남김없이 태울 수 없어.
무슨 수를 써도 그들을 완전히 물속에
가라앉힐 수 없어,
손으로 흩뿌리는 유해가 수련 옆으로 퍼져
나갈 뿐이야.

흐르는 물에 흐르는 눈물을 보태야 해,
노래에 침묵을 보태듯이.
웅비하는 동시에 스러지는 바람을 대기에
보태듯이
지팡이의 둥근 끝부분과 철제 덧문에 천천히
녹이 슬어 가루가 더께로 앉듯이.
그러면 어느 날 망각이 그들을 덮치고,
허공이 그들의 이름을 집어삼키고
시간이 그들을 사라지게 할 거야.

시미언 피즈 체니는 두 손을 쫙 펴서 내레이터의 양 어깨에 올려놓는다. 건반 앞에 앉은 내레이터는 시미언이 에바 로잘바 체니가 죽은 다음 날 쓴 곡들을 연주하기 시작한다.

시미언

여보, 여보,
마당 수도꼭지가 잘 안 잠겼나 봐.
개머루 아래
회색빛 돌계단 옆
문 근처에 놓인 물뿌리개 속으로 떨어지는
수돗물 소리가 들려? 듣고 있어?

내레이터는 돌연 연주를 멈춘다.
어두운 공중에 손목을 구부린 두 손을 들어 올린다.
아무 소리도 들리지 않는다.

시미언

그런데 물뿌리개 바닥으로 똑똑 떨어지는
아주 선명한 물방울 소리는,
울릴 때마다 어두운 수면을 일그러뜨리며

그곳에 비친 야릇한 이미지들을 흩어지게
하지.

아! 바로 그런 식이야,
한여름,
황혼 끝자락에 개구리가 나뭇잎 갓을 떠나
사랑을 목놓아 부를 즈음
서늘한 기운이 살랑거리는 것이.
그런 식이야,
밤의 끝자락에 이슬이 풀잎에 내려앉는 것이.
그런 식이야,
눈물이
아침에, 정오에, 저녁에
떨어지지 않고, 떨어지지 않지만
살며시
여윈 두 뺨과 돋아나는 수염 위로 흐르는
것이.

이따금 눈물이 흘러내려,
영문도 모르는데,
늙은 남자의 눈에서.

눈물은 이렇게 말하지.
"오늘이 너무 많아."
눈물은 또 이렇게도 말해.
"지금은 오늘이지
어제가 아니야."

난 폭삭 늙었어!
당신은 전혀 늙지 않았군!

사제는 다시 사진을 집어 든다. 쇠테 안경을 펼쳐 코 위에 걸친다. 반복해 푸념한다.

시미언

난 폭삭 늙었어!
당신은 전혀 늙지 않았군!

그는 자기 얼굴을 만지며 들고 있는 사진과 꼼꼼하게 비교한다.

마치 과거의 무게로 인해 양어깨가 무겁게 짓눌리는 듯 갑자기 몸을 웅크린다.

어린애처럼

피아노 의자 발치에, 음악가 발치에 쭈그리고 앉아
여전히 손에 쥔 사진 속의 아내 에바를 바라본다.

시미언

당신은 정말 아름다워!

내레이터

피즈 체니 사제가 아내의 사진에 넋이 빠져
있는 동안
아내 생전에 그가 그녀에게 바친 곡의 힘을
빌려
그녀를 불러 보겠습니다.
이 곡은 그가 결혼을 위해 작곡했던
것입니다.
당시 그녀의 나이는 스물셋이었죠.
세프[4]의 갓처럼 갈색이고
밀랍처럼 노리끼리한
낡은 사진에서 보듯이 말입니다.

4 식용버섯의 일종이다.

내레이터는 피아노로 옛 곡을 연주한다.

사제는 피아노 위에 작은 사진 액자를 놓으려다가 안경을 바닥에 떨어뜨린다.

그가 네 발로 기며 안경을 찾느라 더듬거리는 한편 그의 아내가 환해진 빛의 선에서 나와 자태를 드러낸다.

시미언 피즈 체니는 여전히 엉금엉금 기다가 안경을 찾아낸다. 일어서려는데 약간 힘이 든다. 한 손으로 무릎을 짚어 힘을 싣는다. 무릎을 꿇은 자세에서 몸을 일으키다가 그녀를 보고 어리둥절해한다.

무릎걸음으로 앞으로 나온다. 시미언 피즈 체니는 에바 로잘바 체니의 유령을 향해 무릎걸음으로 다가간다.

눈길을 들어 손을 내밀고, 부들부들 떤다.

내레이터

욕실의 작은 유리 선반 위
꺾인 꽃 한 송이처럼,
신혼부부의 방 침대 옆 머리맡 나무 탁자에
놓인 그녀의 작은 사진처럼,
문틀에 서 있는 모습이 아주 날씬하고
호리호리합니다.
예전에 죽은 젊은 어머니는 더 투명하고

더 우아할 뿐 아니라,
확실히 전보다 훨씬 더 빛이 나는군요!
심지어 살아 있는 딸보다 훨씬 더
젊어 보이고요!
그로 말하자면, 약간 구부정하고,
거의 노인인데,
지나치게 키가 큽니다.
그가 엉거주춤하게 일어나려다가
휘청거리고, 회색 문설주에 기대 가까스로
일어섭니다.
차가운 자기 손잡이를 쥔 채로,
그는 그녀가 보인다고 믿습니다.
그녀가 보인다고 생각하지만, 실제로 자신이
보는 바를 인지하면서 과연 자기 생각이
맞는지는 알지 못합니다.
하지만 그녀가 보이는데 자기 생각이 틀린 걸
어찌 알겠습니까?

에바는 로즈먼드보다 훨씬 젊다. 스물네 살이고, 매혹적이다. 부푼 머리칼, 물론 안경은 미착용. 맵시가 좋고 아주 날씬한 몸매. 고상한 풍모. 면을 두른 캐플린.[5]

그녀가 약간 움직인다.

시미언

당신은 죽었는데도 늙은 거야?

에바

아뇨. 그래 보여요?

시미언

떨고 있어?

에바

당신처럼 하려고 약간 떠는 거예요,

내 옛사랑. 당신은 무척이나 늙었네요!

당신을 만나게 돼서 기뻐요.

시미언이 자리에서 일어난다.

그녀에게 다가간다.

5 여자용 햇빛 가리개 모자이다.

에바가 갑자기 물러선다. 겁에 질린 젊은 여인처럼.

에바

내게 손대지 마세요. 손대면 안 돼요, 여보!

시미언

가지 마, 에바! 가지 말라고, 에바!

에바, 당신에게 손대지 않을게!

앉아, 에바. 이 안락의자에 앉아 봐.

만지지 않을게. 마실 것 좀 갖다 줄게.

사제가 무대 오른쪽으로 간다. 찬장 문을 연다. 그의 몸이 열린 문에 가린다.

시미언

포르토 와인이 있어. 여기 있네. 이 마을

백포도주도 있지. 뭐가 좋을지 말해 봐!

어떤 와인이 좋겠어?

에바

어쩌나, 난 못 마셔요. 죽으면 더 이상 마실 수

없거든요.

지금 당신이 내게 한 잔 권하는데,

이승에서 내가 유일하게 좋아했던 일이

술 마시는 거였는데,

그러니 참 서글픈 일이죠.

시미언

뭐 그렇게 즐겨 마시진 않았잖아, 여보……

당신이 정말 좋아했던 건 정원일……

에바

그 정도는 아니었어요! 왜 그렇게 말하세요?

시미언

틈만 나면 밖으로 달려 나갔으면서……

에바

당신이 늘 내 곁을 맴돌게 하지 않으려고,

그래서 그랬어요.

그게 내가 밖으로 내몰렸던 이유라고요.

맞아요, 정원에 종종 나갔죠.

맞아요, 부랴부랴 나갔던 건 사실이에요.

이따금 연못으로 달려갔으니까.

처녀 적엔 혼자 있는 걸 참 좋아했어요.

일단 당신 아내가 되니, 담배도 밖에 나가서

피워야 했지요.

집 안에서 피우면

당신이 기침을 하고 새하얀 턱수염에 피를

토하게 되니까요.

앤틸리스 제도산의 가느다란 여송연을

미친 듯이 좋아했던 기억이 나네요.

쿠바, 일명 아라와크족[6] 인디언 섬에서 들여온

담배 말이에요.

시미언

저런, 어쩌나 집에는 가느다란 여송연이

없는걸! 내가 깜빡했어. 자책감이 드네.

잘 보관했거나, 다시 사다 놨어야 하는 건데,

6 콜럼버스가 도착했을 당시(1492) 대大앤틸리스 제도(현재의 쿠바, 자메이카, 아이티, 도미니카 공화국, 푸에르토리코, 영국령 케이맨 제도)에 살던 원주민을 말한다.

당신을 부르려면 말이지……

에바

시미언, 이제 내겐 숨결이 없는 걸요!
내게 남은 거라곤
사물의 부피감을 변화시키는
야릇한 향에 대한,
작은 동그라미를 그리는 하얗거나
노르스름한 연기에 대한,
감미로운 향기에 대한,
소용돌이치며 흩어지는 푸른 연기에 대한,
그어지며 마찰음을 내는
끝에 인燐이 묻은 작은 성냥개비에 대한,
갑자기 떨어지는 재에 대한
어렴풋한 기억뿐이에요!

시미언

있잖아, 저기, 에바, 당신에 대한 내 사랑이
아마도 잘못된 것인가 봐. 이 말을 하니까
맘이 좀 편해지네.
당신이 죽으면서 내게 딸을 선사했잖아.

하지만 나는 당신만을 바라보게 되고
당신에 대한 그리움만 생겼어. 아무리
애를 써도 당신이 죽음으로써 남겨 준
딸아이에게 호감을 느낄 수 없는 거야.
그것에 대해서도 자책하지.
마음이 좀 쓰일 때면 가끔
딸아이 걱정이 되기도 해.
그러면 짧게 편지를 써.
하지만 그 애 안부가 정말로 궁금해선
아니야. 이제 그앤 떠났어.
지금은 메러디스 여자 중학교에서
피아노와 노래를 가르치고 있거든.

에바

여보, 당신은 내가 딸한테 얼마나 무심한지
모를 거예요! 어머니들이 딸에 대해 무슨
생각을 하는지 모를 거예요! 난 그저 당신
안부만 궁금했다고요. 당신도 그토록 날 잊지
못하다니, 무척 설레네요.
영혼들이 서로 사랑하면, 끌어당기……

시미언

이리 와. 우리 정원을 보러 갑시다.
내가 얼마나 잘 가꿨는지 보게 될 거야.

에바

기력이 없어서 더 이상 두 다리로 버티지
못하겠어요.

시미언

에바, 정원은 기억나지?

에바

아뇨.
그냥 그런 척하는 거예요, 예의상.
실은, 여보, 전혀 기억이 나지 않아요!
당신네들, 살아 있는 사람들은
절대 알 수 없는 방식으로
죽음이 기억을 없애 버리거든요.
그곳은 시체로 뒤덮인 전장이에요.
황폐한 풍경과 구덩이들, 분화구들,
아득한 황야로 변한 폐허의 도시들이죠.

게다가 움직이지 않는 어둡고 어마어마한
바람이 담뿍 들어차 있어요!
이제 난 돌아가야 해요.
여기까지 온 지금, 생기 있는 대기 속에서,
눈부신 빛 속에서
내 모습을 당신에게 보이는 게 저로선
힘들어요. 내겐 고통이에요.

시미언

조금만 더 있다 가!

에바

눈에 보이는 존재가 되는 건 피곤해요.
그저 잠시만 둘러보러 온 거예요.
거실이 참 밝았네요!
시선에 노출되는 게 피곤하군요.
모습이 드러나면 얼마나 피로가 몰려오는지!
어둠으로 물러나고 싶어지는데요.
요컨대 죽었다는 건 그리 나쁘지 않아요.

단번에 캄캄해진다.

불투명한 어둠.

아무것도 보이지 않는다.

내레이터

그는 테이블로 다가갑니다. 아침마다 아내가
사기대야와 더운 물을 채운 물병을 올려놓고,
세수를 하던 테이블입니다.
그녀는 끝에 자개 칠이 된 핀들을 잔뜩 꽂아
머리를 틀어 올렸고요.
예전에는 종종 몸에 향수도 뿌리고,
분첩으로 얼굴을 가볍게 두드렸답니다.

그녀가 앉던 자리에 그가 앉았습니다.
놀랍게도 거울에 사랑했던 여인의 반영反影이
여전히 비치고 있음을 알아차립니다.
그러자 서슴없이 말을 건넵니다.
거울 속의 얼굴이 나지막한 목소리로,
아주 낮지만 또렷하게 대답합니다.
거울의 반영에서 올라오는 목소리가 얼마나
아름다운지요!
아직 유년기의 억양이 남은 목소리,

약간 날카로운 하이 톤이면서
좀 걸걸한 목소리,
담배 피우는 젊은 여인의 목소리가
대개 그렇듯이 말입니다.
그녀가 말했어요.
"날 만지지 말아요, 제발. 당신 몸짓을
봤어요."
그가 대꾸했어요.
"얼마나 오랫동안 당신을 욕망했는지 몰라."
"내가 사라지게 기다려 줘요. 죽은 사람들도
저승에서 여전히 욕망을 느끼거든요.
쾌락을 느낄 육신조차 없는데, 즐길 수도
없는데, 욕망을 느끼는 건 고통스럽죠.
내게서 떨어져요. 사정射精을 하려거든
저리 가라고요. 오! 저런! 오! 세상에! 죽음은
슬프군요!"

사제는 어둠 속에 홀로 서 있다.

시미언

대낮인데 내가 느닷없이 잠에 취한 사람처럼

보이겠어.

그럴 리 없어. 난 자는 게 아니라고.

실의에 빠진 야릇한 비몽사몽 중에,

무감각 상태에서

당신을 보고,

당신에게 말을 하는 거야.

당신이 거의 여기 있으니까.

당신은 거의 이곳에 있어.

그래서 나도 거의 행복해.

어둠 속에서 아름답고 행복한 빛 한 줄기가 서서히 비친다. 점차 뜨거워지고 차츰 퍼지면서 한여름 빛이 무대로 쏟아져 내린다.

4

베일 달린 밀짚모자를 쓴 로즈먼드 체니의 얼굴이 대기 중에서 흔들린다. 그녀가 자전거를 타고 전속력으로 무대에 나타난다.

'창문 겸 문' 앞에서 요란하게 급제동을 걸어 멈춘다.

다리 사이에 자전거를 낀 채 한 발만 땅에 내린 자세로 주변을 둘러본다.

자전거 핸들을 '창문 겸 문'에 기대 놓는다. 안장주머니에서 투명 종이에 싼 커다란 꽃다발을 꺼낸다.

유리문으로 들어가 테이블에 꽃다발을 놓는다.

옷걸이로 가서 밀짚모자를 건다.

선글라스를 벗는다.

로즈먼드

여긴 빛이 너무 강하네.

다시 선글라스를 쓴다.

로즈먼드

거실에 이토록 빛이 쏟아지는 건
아주 드문 일인데.
아빠 집에서 이렇게 환한 빛은
한 번도 본 적이 없는걸.

꽃다발을 집어 든다.

코에 선글라스를 걸치고, 얼굴 주위에 긴 머리칼이 흘러내린 채로, 꽃병을 향해 무대 가장자리로 다가간다.

꽃병 옆 바닥에 꽃 한 아름을 내려놓는다.

물뿌리개를 찾으러 밖으로 나가고, 물뿌리개를 가지고 돌아와 꽃병에 물을 채우고, 투명 포장지를 벗기더니, 갑자기 아름다운 꽃다발 옆에 앉는다.

나는 귓병이 생겼어.
제인처럼 귀머거리가 되진 않겠지.
제인은 요즘 돌에 조각을 하잖아.
그게 더 나빠.

로즈먼드는 다시 선글라스를 벗는다.

안경을 접어 노란 리넨 여름 원피스에 달린 큼직한 주머니 속, 손수건 밑에 조심스럽게 넣는다.

로즈먼드

내가 나한테 꽃을 주다니!
내가 외로워진 거야. 되도록 자주 나 자신에게
꽃을 선물할 정도로 말이야.
세상의 젊은 여자들 무리에서 날 눈여겨봐 줄
누군가에게 얼마나 날 맡기고 싶었는지 몰라.
여자라면 누구나 말야 말끔하게 면도하고
모자를 쓰고 지나가는 남자들 마음에 들려고
무진 애를 쓰지. 그런 남자 눈에 내가 띌 수도
있겠지. 어쩌면 그 남자가 날 금세 사랑하게
될지도 모르고 말이야.
난 "나예요, 나라고요"라고 말할 거야.
"그래요. 그럼요"라고 거듭 강조하면서
"이 보물을 가지세요, 내가
보물이거든요"라고 말할 거야.
그러면 그가 이렇게 대답하겠지.
"오, 네, 당장 그렇게 하죠.

당신은 참으로 아름답군요!
당신과 결혼할래요. 잠깐!
묵직한 이 백금 반지를 당신 손가락에
끼워 드리죠. 집으로 들어와요."

그녀는 잠시 넋을 잃고 가만히 있다.
꽃들을 매만진다.

로즈먼드

난 아버지의 사제관으로 돌아왔어. 내 귀에서
윙윙 소리가 나고 음들이 마구 엉켜 버려.
더 이상 피아노 음을 못 듣겠어. 펠트로 감싼
작은 망치들이 철제 현들을 두드려 내는
피아노의 음계만 유난히 뒤죽박죽
마구 뒤엉켜 들리거든. 그러니까 학생들이
점차 내 교습을 거절하는 거겠지.

그녀는 손에 물뿌리개를 들고 정원으로 나간다. 사제관 문 앞에 놓는다.

다시 자전거로 가 안장주머니에서 꾸러미를 꺼낸다. 알록달록한 문양들이 아름다운 선물용 포장지를 뜯으며 집 안으로 들어온다.

로즈먼드

난 좀 전에 개스켈[1] 부인이 샬럿 브론테의
생애에 관해 쓴 책을 샀어.
하지만 난 에밀리가 더 좋아.
에밀리도 자신에게 꽃을 선물했을까?
만일 그랬다면, 십중팔구 엉겅퀴였을 거야.
그녀는 새장에 든 앵무새나 카나리아가
아니라, 맹금류를 거실 벽난로 앞에 놓고
길렀어. 이름이 '헤로'였지. 개도 한 마리
길렀는데, '키퍼'라는 이름의 불도그는 그녀
침실에서 잤지.

멀리서 굼뜨고 늙고 뻣뻣한 체니 사제가 정원으로 들어오는 모습이 보인다. 하얀색의 면 프록코트 차림에

1 엘리자베스 클레그헌 개스켈Elizabeth Cleghorn Gaskell(1810~1865)의 작품으로는 『샬럿 브론테의 전기*Life of Charlotte Brontë*』 외에도 19세기의 사회문제와 세태를 다룬 『남과 북*North and South*』, 『클랜퍼드*Clanford*』 등이 있다.

하얀 머리칼, 새하얀 긴 턱수염, 온통 하얀색 일색이다.

하얀색 파나마모자를 딸의 베일 달린 밀짚모자 옆에 건다.

지팡이는 옷걸이 발치에 밀어 넣는다.

시미언

로즈먼드, 네가 가져온 꽃들이 아름답구나.

수선화로군!

로즈먼드

아니에요, 아빠, 황수선화예요.

시미언

이제 시력이 예전 같지 않아.

로즈먼드

포르토[2] 한 잔 드릴까요?

2 포르투갈산 포도주이다.

사제는 회중시계를 꺼내고, 안경을 쓰고는, 은 케이스를 열어 불룩하게 나온 문자판의 바늘들을 오래 들여다본다.

시미언

아니. 지금은 생각 없다.

사제는 피아노 의자로 가서 내레이터 옆에 앉는다. 꽃다발 앞 바닥에 앉은 딸을 말없이 바라본다.

로즈먼드

아빠는 이제 시력이 나빠졌고,
저는 청력에 문제가 생겼네요. 아빠, 이걸
어떻게 설명하실래요? 어쨌든 이상한
일이잖아요. 저는 왜 피아노 음악을 듣지
못할까요? 왜 피아노곡만 들을 수 없는
걸까요? 성당에서 아이들이 부르는
노랫소리는 아주 잘 들리는데 말이에요.
노랫소리를 들으면 대단히 즐거워지거든요.
새소리도, 흐르다가 굴러떨어지고
기슭에 부딪히는 냇물 소리도 들려요.

정원 끝에서 울리는 철문의 초인종 소리도
들리고요.
짜깁기 여공의 어린 아들이 부는 플루트
소리가 좋아서 다듬어지지 않은 곡조를
속으로 따라가는 데도 전혀 무리가 없다고요.
최근에 아돌프 삭스[3]가 개발한 B♭ 색소폰[4]의
장중한 음도 무척 좋아해요.
제너시오의 브라스밴드가 행진곡 연주에
쓰려고 세 개나 구입했대요.
그런데 이제 피아노 음악만은 들을 수가
없네요.
피아노 교습을 그만둘 수밖에 없었다고요.
아빠, 모든 음이 귓속에서 뒤엉켜 버려요.
그야말로 카오스 상태라고요.
메러디스의 의사는 좀 지나면
괜찮아질 거래요.

3 아돌프 삭스Adolphe Sax(1814~1894)는 벨기에의 음악가이며 관악기 제작자이다. 색소폰을 개발하여 1846년 파리에서 특허를 받았다.

4 테너 색소폰을 가리킨다.

제너시오의 의사 말로는 제 망상에서 비롯된
증상이라네요.

사제는 몸을 한바퀴 휙 돈 다음 피아노 위에 두 손을 얹고, 눈을 내리깔고, 건반을 바라보다가, 다시 딸을 향해 몸을 돌린다.

시미언

날 봐라, 로즈먼드! 아비를 좀 쳐다봐!
네가 느끼는 건 망상이 아니야.
나란 **존재**가 피아노란다.
피아노, 사실 그건 바로 나의 인생 전부라
할 수 있지. 하느님이 선사하시는 저녁마다,
황혼 녘마다 난 피아노를 쳤거든.
피아노, 그건 나의 내면일기란다. 널 충분히
사랑해 주지 못했구나. 네 엄마는……

로즈먼드

제발 엄마 얘기는 그만 좀 하세요!
딸이 아빠에게 도움을 청하는데,
또 엄마 얘기로군요!

제발 제 말 좀 들어 보시라고요! 무슨 일이
있었는지 자세히 말씀드릴게요.
가령 제가 앉아 있어요. 다음 차례의
여학생이 제게 주간 레슨 진도 수첩을 내밀고
피아노 의자에 앉아요. 치마를 가다듬거나
원피스를 펼치고, 양 옆구리에 팔꿈치를
붙이고, 손목을 구부리고, 건반에 손을 얹고
곡을 연주하기 시작해요.
그러자 멜로디가 난파하듯 제 안에서
함몰하는 거예요.
뭔가 분절이 되질 않는다고요.
아닌 게 아니라 오히려, 진짜 일종의
난파 같은 게 일어나는 거예요.
귓속에서 음정들이 산산이 흩어져 버려요.
음정이 이어지지 않고,
어떤 음정도 연결되질 않는 거예요.
이걸 어떻게 설명하실래요?

사제는 딸이 쫙 펼친 손으로 천천히 두 귀를 틀어막는 모습을 바라본다.

로즈먼드

순간 그게 제 안에서 공포로 변해 버리는
거예요. 손가락들도 통제 불능 상태가
되고요. 귀를 틀어막고 싶어 미치겠다고요.
그래도 교습 시간에 귀를 틀어막으면
안 되겠죠, 아빠?

시미언

그럼.

로즈먼드

저를 위해 뭔가 연주해 주세요.
어떤가 보게요.

시미언

어떤 걸? 무슨 곡을 쳐 주면 좋겠니?

로즈먼드

검은 티티새가 노래했던 거요. 6년 전
클로토라는 새가 철제 뜨개바늘의 노래를
흉내 내려고 했잖아요. 제가 목도리를 짜고

있을 때요. 참 감동적이었어요.

얼마나 신기했는데요.

시미언이 내레이터 쪽으로 몸을 돌리고, 건반을 바라보며 두 손을 들어 올린다. 내레이터도 똑같이 두 손을 들어 올린다.

시미언이 바야흐로 연주를 하려고 한다. 옆의 연주자도 정확히 같은 동작을 취한다.

바로 그 순간 철문에 달린 종이 땡그랑거리며 울린다.

시미언

나가 봐라! 우편배달부야. 나가 봐!

로즈먼드

나가요.

불현듯 두 사람 모두 자못 심각해진다. 로즈먼드는 일어나, 빛의 선을 가로질러 정원으로 달려가더니 종종걸음으로 사라진다.

손에 두툼한 원고 뭉치 꾸러미를 들고 천천히 무대로 돌아온다.

딸이 내민 꾸러미를 아버지가 집게손가락으로 연다. 그는 꾸러미 안의 편지를 펼친다. 가까스로 읽는다.

로즈먼드

아빠 음악이 거절당했어요?

시미언

그래. 네 번째로구나.

무대가 칠흑 같은 어둠에 잠긴다.

5

삭풍이 몰아치는 소리가 들린다.
덧문이 덜컹거리는 소리가 들린다.
몹시 어둡다.

내레이터

겨울, 다시 겨울이 찾아왔습니다.
뼈, 오! 뼈 마디마디와 인대 부분이 점점 더
쿡쿡 쑤시는군요!
뼈만 앙상히 남은 노인이 장작불 앞에서
휴식을 취하려고 커다란 소파에 앉습니다.
앞으로 두 다리를 뻗고 누우려는데 많이
아픈지 비명을 지릅니다.

시미언

석유 등잔은 켜지 말아야겠어. 노래하는
불길이 더 좋으니까. 아궁이에서 넘실거리며
춤추는 불길은 정말 아름다워. 벽난로 앞에서
담요를 둘러쓰고 엉덩이와 등허리를 쿠션에
붙이고 있어야겠어.
잉걸불의 따스한 열기를 쬐며,
이렇게 아름다운 색을 띤 불에서
피어오르는 기분 좋은 열기 속에서 말이야.
비록 내 마음이나 기억 속의 뭔가를
더 이상 타오르게 할 수는 없겠지만.
나의 내면은 더 공허해졌어.
책을 끝낸 이후로 빈 껍질처럼 텅 비어 버린
느낌이야.
만성절[1] 다음 날 다섯 번째 거절을 당했잖아.
난 세상의 모든 행복을 기보했어. 그러니까
행복을 모조리 꿀꺽 삼킨 책이지.
그런 내 행복의 책, 자연 그대로의 노래책

1 모든 성인을 기리는 가톨릭 축제로 11월 1일이 축일이다.

『야생 숲의 노트』가, 보내는 곳 어디서나
족족 퇴짜를 맞는군.
이번이 벌써 다섯 번째야.
나의 행복, 내 사랑, 그건 그들의 행복이
아니었나 봐.

사제는 큼직한 안락의자에 앉아 말이 없다. 두 다리를 큰 벨벳 의자에 얹은 채 엄지손가락을 유심히 바라본다.

어슴푸레한 가운데 벽난로 속 불빛에 비친 엄지손가락만 보인다.

시미언

이제는 엄지손가락을 구부려 건반에
놓기도 힘들어. 더 이상 움직이지 못하고
미끄러지거든. 힘을 줄 수가 없네.
연못가의 철책을 따라 심은 나무들의 가지는
잎사귀를 전혀 지탱하지 못하네.
나는 예전에 잠이 깨 침대 머리맡 탁자에서
썼던 음악을 다시 읽어 봐.
잠 못 드는 밤에

촛불을 켜 놓고,
나이팅게일의 힘찬 호출 소리.
울새의 감미로운 아리에타,
올빼미의 애절한 울음소리,
빗소리, 바람 소리,
돌풍이 몰아친 후 깃든 돌연한 고요를
기보했던 음악이지.

어슴푸레한 빛 속에서 식탁 앞에 앉은 로즈먼드의 모습이 드러난다.

회색빛 삼각 숄을 두르고 있다. 머리는 땋아 묶고, 목까지 올라오는 하얀 블라우스를 입었다. 그녀는 콩을 까고 있다.

콩깍지 끝을 벌릴 때마다 바드득 소리가 난다.

한쪽에는 펼친 신문지가, 다른 쪽에는 회색 냄비가 놓여 있다.

미스 로즈먼드 체니는 잔뜩 구부린 뻣뻣한 자세로 회색 냄비에 콩을 채우고 있다.

내레이터가 포레[2]의 「요람Les Berceaux」을 연주하기 시작한다. 포레가 마드무아젤 알리스 부아소네[3]에게 바친 곡이다.

내레이터

체니 사제가 사제관의
「옷걸이Le Portemanteau」를 작곡해
에바에게 바친 바로 그 시기에, 포레는
「요람」을 작곡해 젊은 제자 알리스에게
헌정했습니다.

로즈먼드는 냄비 앞에서 반주자 없이 혼자 노래하기 시작한다.

잠시 후 연주자가 체니 식으로 반주를 넣는다. 입을 다물고 흥얼거리는 노래에 최소한의 아르페지오와 대부분의 침묵으로 반주하는 방식이다.

(혹은 로즈먼드와 나,[4] 우리 둘이 피아노 의자에 앉아 몹시 구슬프고, 잘 알려진, 당시의 유행곡을 네 손으

2 가브리엘 포레Gabriel Fauré(1845~1924)는 프랑스의 작곡가, 오르가니스트, 피아니스트이자 교사였다. 실내악곡이나 가곡에서 뛰어난 작품이 많다.

3 알리스 부아소네Alice Boissonet(1857~1932)는 파리의 유명한 가수이자 음악가이다.

4 내레이터를 가리킨다. 이 지점에서 느닷없이 작가 자신이 내레이터 안으로 들어가 합쳐진다.

로 연주한다. 쉴리 프뤼돔[5]의 심히 부조리한 선율은 사실 매우 무의식적이고 생소하다.)

시미언

딸이 피아노 소리를 듣는 걸 힘들어하면서부터
집 안에서 음악 소리가 사라졌어.
모든 음이 그 애 내면에서 뒤얽히며
두려움을 유발하나 봐.
그래서 난 지팡이에 의지해 얼어붙은
정원에서 서성이지. 이제는 감히 피아노에
다가갈 수도 없어. 연주는 아예 엄두도 못 내.
이제는 음악을 내 마음속에서만 울리게
해야 돼. 대기 중에는 더 이상 피어나지 못할
노래의 그림자처럼 말이지.
로즈먼드는 필시 피아노를 팔아 버리려고
하겠지?

5 쉴리 프뤼돔Sully Prudhomme(1839~1907)은 시에서 시작해 철학으로 끝나는 명상적 인생을 살았던 프랑스 시인으로 1901년 노벨 문학상을 수상했다.

그런데 잭슨 장군 휘하의 미국 군대가
영국군과 싸워 물리치고, 승리를 거두고
쫓아냈던 해에 구입한 보잘것없는 피아노를
누가 사겠냐고?
바이올린은 오래될수록 좋지만
피아노는 낡을수록 안 좋아지잖아.

연못 앞의 나무들이 안개 서린 푸른 대기에
서 있네. 흡사 전쟁 통의 아이들이나 굶주린
청소년들처럼 헐벗고 앙상하고 가녀린
모습인걸.
몸통의 줄기와 가지들. 수액이 빠져나간 짚.
앞선 계절들이 남긴 앙상한 그루터기들.
파란색 끝자락이 순식간에 하얘진 가련한
죽은 엉겅퀴들.
그래, 이곳에 널린 죽음이 앞으로는
계속 내 핏속으로 흘러들겠지.
난 죽음에 수반되는 두려움으로 얼마나
떨게 될까!
만물을 기이하게 지배하고,
거침없이 몰아치며, 보이지도 떠오르지도

않는 얼굴 주변으로 밀어 넣는 죽음이
야릇하게 서두르고 재촉하며 날 잡아끌고
있어.

오, 죽은 엉겅퀴의 텁수룩하고 볼품없는
끄트머리여!
무지막지한 죽음이 인간의 범위를 넘어선
잔혹한 짐승의 힘을 발휘하는구나.
움직이는 얼음 층이 내 삶의 무게에 짓눌려
빠지직 신음 소리를 내다가,
점점 더 혹한으로 접어드는 어느 겨울에
금이 가며 갈라지는구나.
내 존재도 거부당한 책에서 단락들이 나뉘듯
그렇게 조각조각 금이 가며 갈라지는구나!
작고 검은 동그라미로 뒤덮인
악보의 보표들이 끊어지거나 수직으로
금이 가는 것과 똑같이
더 이상 아무도 연주할 수 없고,
아무도 노래할 수 없구나!

딸아, 출판업자들이 귀를 막는구나,

보드라운 캐시미어 엄지장갑으로,
실크나 염소 가죽 장갑으로.

핀란드, 혹은 툴레,[6] 혹은 캐나다 북부의
옛 주민들은 버릇처럼 이렇게 말한단다.
"얼음이 얇을 때는 아주 빨리 걸어야 한다."
근데 왜 빨리 걸어야 하는 거지?
왜 서둘러 저쪽 기슭으로 가야 해?
진창이고 얼어붙고 황량한 강기슭의
어둠 속에 나는 되도록 오래 서 있을래.
죽음이 때로는 아주 매혹적일지라도,
죽음보다는 죽음의 기슭이 더 좋으니까.
죽음에 면한 기슭조차도 숭고하거든!
기슭도, 역시, 바라보고 있단다.
시커먼 물이 흐르는 걸 바라보고 있어.
물은 무척 깊고,
아주 시커멓고, 느리고, 크고, 폭이 넓고,
거의 아무런 소리도 나지 않아.

6 툴레Thule는 그린란드 북서부에 있다.

나는 진창으로 약간 물러나서 바라보고 있어.

정원 문에서 우편배달부가 종을 울린다. 시미언 피즈체니 사제가 힘겹게 일어난다. 지팡이에 몸을 의지하고 우편물을 찾으러 나간다.

손에 개봉한 꾸러미를 들고 돌아온다.

시미언

여섯 번째 거절이군!

갑자기 사제의 얼굴이 일그러진다. 눈물이 흐른다.

시미언

또 퇴짜로군. 야생 숲의 온갖 음악이 담긴
내 원고가 자꾸 거부되는 것을 보니
신들이 허락하시지 않는 것 같아.
하느님의 또 한 번의 거부.
(나지막하게 말한다.)
계속되는 거부, 그게 무슨 의미일까,
로즈먼드?

로즈먼드

용기를 잃지 마세요, 아빠. 기다려 봐요.

시미언

무슨 용기? 뭘 기다리란 말이니? 내 곡들이
자꾸 거절당하는 데는 필시 무슨 의미가
있을 거라는 생각이 드는구나.
도저히 이해할 수 없어.
바람 소리, 새소리, 갈대 소리, 나무에
떨어지는 소낙비 소리를 거부한다는 게.

로즈먼드

아빠는 본인이 쓰고 싶은 곡을 쓰신
거잖아요.
꼭 의미를 찾을 필요는 없어요.
출판사 직원들의 품위 있고 거만하고 뻣뻣한
편지에 제시된 이유 따위는 중요하지 않다고
봐요.

시미언

제목은 괜찮니?

야생 숲의 노트……

로즈먼드

그럼요, 제목은 좋아요. 아주 좋다고요.

탁월한 걸요.

시미언

야생의 특성이 느껴지니?

로즈먼드

그럼요, 느껴지죠.

(입을 다물고 몽상에 잠긴다.)

아빠, 엄마에 대한 사랑이 너무 지나쳤나

봐요. 그래서 벌 받으신 거예요.

시미언

비밀을 하나 말해 줄까, 딸아.

사랑엔 결코 지나침이 있을 수 없단다.

로즈먼드

아빠, 아빠는 왜 하느님이 제게 그토록 시련을

주시길 바라나요?

시미언

난 네 울음소리가 끔찍하게 싫었거든!
너의 출생도, 장례와 세례가 뒤얽힌
두 번의 의식도, 찾아와 준 마을 사람들도
모두 소름 끼치게 싫었단다.
내가 보고 싶지도 않았던 사람들이
떼거지로 몰려왔고, 자기들끼리 만났어.
마치 선거운동을 방불케 하더라.
잠시 훌쩍거리다가, 금세 웃으면서 축하의
말을 주고받으며 서로 등을 두드리던걸.
모두가 에바를 잊었어.
애도는 지나치게 엄숙하고, 동정은
과도하고, 호의는 가식적이고, 눈물 바람은
부적절했단다. 처가 쪽의 압박도 역겹게
느껴졌지. 처가 식구들은 죽음보다 자손
번식에 더 마음이 갔나 봐. 모두들 네
요람 주변으로 몰려들었어. 네 어미는
안중에도 없더구나. 온기가 남은 재가
유골함에 담기기도 전에, 네 어미의 존재는

이미 사라졌다니까! 게다가 넌 바락바락
악을 쓰며 울어 댔지! 에바의 어머니—네
외할머니—마저 내가 이미 아내의 죽음을
잊기 바라셨어. 네가 세상에 왔으니
당신 딸의 죽음은 지워진 거라고 진짜로
믿으신 거지. 단언컨대 할머니는 딸의 죽음을
괘념치 않으셨단다. 대신 아주 발그레한
손녀딸, 온 천지의 고막을 모조리 찢을 듯이
목이 쉬어라 빽빽 울어 대며 아우성치는
널 얻었으니 피장파장이었던 셈이지.
서품 받은 사제인 내가 하는 말인데,
하느님 아버지는 그 자리에 부재하셨단다.
그래, 하느님은 내가 사랑한 여인이 죽었을 때
이곳에 계시지 않았어.
그리고 그녀는 모두가 주장하듯이 **망자**도
아니었어.

로즈먼드는 계속 잠꼬대를 하는 듯하다. 아버지를 쳐다보지 않으며 나지막한 목소리로 말한다.

로즈먼드

그렇다면 저도 **산 사람**이 아닌가요? 진짜로 살아 있는 게 전혀 아니란 말씀이세요?

시미언

그래, 아마도 그럴 거야.

로즈먼드

아빠가 보시기엔 제가 언제까지나 **완전히 태어난 존재**가 아니로군요.

거북하고 애처로운 침묵이 길게 드리운다.

시미언

얘야, 내 생에서 영영 너는 완전히 태어난 존재가 아닐 듯싶다. 네 말이 맞을 거야.
사실 나를 깊은 혐오와 긴 절망의 나락으로 빠뜨린 것은 이런 것들이었단다.
친족의 불쾌하기 짝이 없는 동정, 친구들의 우정 과시, 교구 신도들의 호의, 여신도들의 성가신 도움이며 만사에 관여하려는 태도,

주교의 축복, 이 모든 걸 내가 너무 피하기만
했는지 몰라.
난 한 걸음 뒤로 물러났어.
하느님을 소홀히 했고, 정원으로 숨어들었지.
온통 경이로운 자연이 가득한 정원으로
말이야.
지금은 소리로 가득한 정원이 되었지.
이 책에 대해 말하는 거다. 비록 아무도 원치
않고, 모두가 퇴짜 놓는 이상한 악보 말이다.

기나긴 침묵.
계속되는 침묵이 모욕으로 느껴진다.
시미언이 고개를 들어 하늘을 바라본다.

시미언
하늘에 계신 아버지,
오 나를 내치지 마소서
밤의 어두운 실체substance여!

주여, 밤의 어두운 실체 내부가 아니라면
당신의 모습은 어디에 계실까요?

외마다 부르짖음도
기도로서 족할지어다!

기도 소리가 울려 퍼지려면
외로운 밤의 우스꽝스러운 동반자인
오리털과 거위 솜털 베개에 파묻고
흐느끼는 것으로 족할지어다!

죽은 여인의 이름을 부르는 것조차
부르짖음이라 새의 노래와도 같아라!
죽은 여인의 이름을 읊조리는 것조차
기도라서 조바꿈하며 울리는구나……

우체부가 정원 문에서 종을 울린다.

나이 든 로즈먼드가 정원에서 돌아와 아버지에게 우편물을 내민다. 그가 작은 페이퍼 나이프의 반짝이는 칼날을 펴서 편지 봉투를 연다.

시미언

일곱 번째 거절!

사제는 미소 지으며 주머니에 편지를 넣는다. 프록코트 주머니는 이미 불룩하다. 그가 편지들을 모두 꺼낸다.

출판사에서 온 거절 편지들에 섞인 넷으로 접힌 종이 한 장을 빼낸다.

시미언

로즈먼드!

로즈먼드

네.

시미언

잠깐 볼까?

로즈먼드

네, 아빠.

시미언

얘야, 거기 좀 앉아라.

사제는 주머니에서 꺼낸 종이를 떨리는 손으로 펼친다.

시미언

일요일에 할 새 강론을 읽어 주마.

그러니, 얘야, 앉아 봐!

사제는 쇠테 안경을 코에 걸친다.

로즈먼드가 관객에게 등을 돌리고 의자에 앉는다. 사제는 사제관 거실 한가운데 서 있다.

그가 손등으로 종이를 매끈하게 다듬는다.

짐짓 엄숙한 어조로 읽는다. 마치 성가대 칸막이 앞에 서 있듯이, 제단에 이르는 계단 앞에 서 있듯이, 신도들에게 설교하듯이 강론의 내용을 과장되게 발음한다.

시미언

자연은 옛날에 자연에서 수없이 태어난

온갖 신보다 더 심오합니다.

자연은 하느님의 저 깊은 곳에 있습니다.

옛날 존재로서의 인간, 고양이, 뾰족뒤쥐,

나비, 꿀벌, 꽃, 이러한 것들이 만사에 위로가

되는 까닭입니다.
우리가 자연을 관조할 때 우리를 위로하는
것은 우리의 원천입니다.
잃어버린 나의 여인을 나는 원천에서,
자연의 거대하고 창백한 두 다리 사이
안에서,
깊은 샘에서 다시 만납니다.
그 누가 기원으로 숨어들지 않을까요?
하느님의 진짜 이름은
태초commencement랍니다.
태초는 하느님 당신보다 앞서 시작……

로즈먼드

말도 안 돼요, 아빠! 적절치 못한 발언이세요.
엄마에 대해 그런 식으로 말씀하시지 않으면
좋겠어요.
말도 안 돼요. 이 강론은 불경스럽다고요!

시미언

이게 내가 하려는 강론이야, 로즈먼드.
꼭 하고 말 테다. 여기에 성경 구절을

좀 입히면 아마 크게 규정에 어긋나 보이지
않을걸. (침묵) 널 기쁘게 해 주려면
엄마에 대한 구절은 빼야겠구나. (침묵)
아마 내 말이 맞을 거야!

사제는 자신의 강론 원고를 계속 읽어 나간다.

시미언

그렇습니다, 정원이 있었지요, 세상의 동쪽에
말입니다. 네 개의 강이 흐르고……

(무대가 칠흑 같은 어둠에 휩싸이고 내레이터는 「최초의 정원Premier jardin」에 바쳐진 시미언 피즈 체니의 곡을 연주한다.)

6

수놓인 큼직한 하얀 베개에 몸을 기댄 시미언.

머리맡 탁자 위 야등에 불이 켜져 있다.

새하얀 턱수염의 시미언이 웃통을 벗은 채 침대에 있다.

로즈먼드가 옆에서 뜨개질을 하고 있다.

시미언은 음표가 빼곡히 적힌 악보를 무릎에 내려놓는다.

안경을 벗는다.

시미언

애야, 이제 그만 뜨렴!

어릴 때 듣던 뜨개바늘 협주곡을 쓰기엔 이제

기력이 달리는구나.

내레이터

창문 아래로, 나룻배의 의자 위로 겨울이
찾아와 눈이 쌓일 때,
좌우대칭의 자수 같은,
경이로운 나무 형태의,
꽃 모양의 환상적인 얼음꽃이 창유리에
달라붙을 때,
밖에 코빼기를 내밀 엄두조차 내지 못할 때,
시미언의 어머니는 아주 오래전에,
아득히 먼 시절에
종종 다부지게 뜨개질을 했습니다.
성에 낀 창 너머로 내리는 눈을 바라보면서
말이죠.
그녀가 뜨개질하며 내는
금속성의 작은 소리가
정신을 몽롱하게 만듭니다.
털실로 끈기 있게 부드럽고 두툼한 옷을
짜느라 마치 강박에 사로잡힌 곤충처럼
따닥따닥 소리를 냅니다.

시미언

엄마! 그건 죽은 사내애에게 입힐
아름다운 작은 편물 셔츠였을 거야.
서리처럼 하얀 조그마한 수의 말이야.
마당의 나무 일부가 서리에 가려 보이질 않네!
나는 왜 태어났을까? 내 삶의 대부분을
바쳐 쓴 책이건만, 그것이 이제 나를 몹시
수치스럽게 하는구나.

로즈먼드

맥박 좀 재 볼게요.

사제가 손을 내민다.

로즈먼드

괜찮네요.

시미언

한결 다행이구나.

로즈먼드는 여전히 아버지의 손과 손목을 잡고 있다.

로즈먼드

아빠, 아빠의 맥박 소리를 멜로디로 쓰실 걸 그랬나 봐요.

시미언

날 놀리는구나.

그녀 자신도 엄지손가락을 손목에 대고 제 맥박을 잰다.

로즈먼드

그래도 옛날의 숭고한 노래잖아요.

시미언

어디 보자!

사제가 몸을 기울여 이번에는 자신이 딸의 맥박을 잰다.

시미언

그래, 정말 그렇구나. 숭고하지.

펄떡펄떡 고동칠 뿐 아니라
뭔가가 깊숙한 곳에서 맴을 돌며 흐르는데
진력나질 않네.
뭔가가 밀어내며 우리의 깊숙한 곳으로
합류하는 게 자못 의미심장한걸.

로즈먼드는 슬그머니 제 손을 빼더니 불현듯 손가락을 바라본다.

약지손가락을 뻗는다.

몸을 숙여 아버지의 얼굴에 바싹 다가간다. 아버지에게 자신의 맨 손가락을 보여 준다.

로즈먼드

좀 보세요!

시미언

아무것도 안 보이는데.

로즈먼드

제 손가락이 약간 부었어요.

시미언

음, 그런 것 같네. 그렇구나. 약간.

로즈먼드

아빠, 내 손가락이 반지를 필요로 해요.

시미언

네 손가락이 반지를 필요로 한다고!

로즈먼드

엄마 반지요.

길고 무거운 침묵이 계속된다.

시미언

그래, 그래, 얘야. 옷장 문을 열어 봐라.
맨 위 칸에 있어. 아니, 좀 더 위에!
손이 닿니?

로즈먼드

안 닿아요.

시미언

가서 의자를 가져오거나 피아노 의자를
끌어와라. 밤색 벨벳 천을 씌운 상자야.
밤색 스웨이드 천.

로즈먼드는 의자를 가지러 간다.

로즈먼드

스웨이드 천이 뭔데요?

시미언

스웨이드 천이란 짧게 깎은 가죽,
그러니까 바짝 깎아서 거의 벨벳과
비슷하게 만든 보드라운 가죽처럼 무두질한
직물이란다……
나도 잘 몰라. 우리 어머니께 여쭤 봐야 해.

로즈먼드는 스웨이드 천을 씌운 작고 낡은 상자를 어루만지며 의자에서 내려온다. 아버지에게 상자를 건넨다.

그가 어렵사리 상자를 연다. 아니면 격식을 갖추어,

혹은 내키지 않는 듯.

방식이야 어떠랴. 아무튼 그는 작은 비단 주머니에서 반지를 꺼낸다.

딸의 손가락에 끼워 준다. 로즈먼드는 엄청나게 감격한다. 아버지와 딸 사이의 이상한 결혼이다.

조명이 젊은 여인의 손과 반짝이는 반지를 비춘다.

로즈먼드

결혼반지가 참 예뻐요!

시미언

그래.

로즈먼드

고마워요, 아빠.

로즈먼드가 일어나서 베개 위로 몸을 굽힌다. 하얀 턱수염이 텁수룩한 아버지의 볼에 입을 맞춘다.

무대의 조명이 서서히 꺼진다.

1815년산 피아노 위의 작은 촛불들만 남아 악보 없는 건반을 희미하게 비춘다.

내레이터

그는 1890년 5월 10일에 세상을 떠났습니다.
과거는 쌓여 가는 나날들과 더불어
물러가면서 밀물이 가장 높을 때 거칠게
해초를 잡아채고, 조가비들을 끌어가고,
파편들을 굴리고, 새하얀 갑오징어의 뼈를
부서뜨리고,
조성되는 모래를 퇴적시킵니다.
세상을 제대로 이해할 필요가 있지요.
과거가 물러나면 세상이 작아지는
법이니까요.

그래서, 과거가 완전히 물러나면,
대양도 사라지고,
죽은 이들은 행복하고,
바다에서 드러난 모래땅은 그저 맨땅으로
최초의 날처럼 반짝입니다.
거품에 적셔진 축축한 모래땅에 하늘이
비칩니다.

로즈먼드는 뉴욕의 작은 항구로 교습을 하러

떠났습니다.

그녀는 아버지가 죽기 전에 앙상한 두 팔로

자신을 끌어안고 이렇게 말했다고 느낍니다.

“사랑한다, 내 딸아.”

점점 더 작은 목소리로,

“사랑한다, 내 딸아.”

그녀는 이렇게 대답했다고 느낍니다.

“아빠, 저는 정원에 물 주러 가요.”

지팡이를 쥔 손이 느슨하게 풀립니다.

그것은 나쁜 징조예요.

결국 지팡이를 놓치고 말았습니다.

“아빠, 저는 정원에 물 주러 가요.”

로즈먼드

부두에 늘어선 큰 배들이

여인들의 손에 흔들리는 요람들처럼

넘실거리는 물결에

소리 없이 흔들립니다.

작별의 날이 옵니다.

그날 큰 배들은 차츰 작아지는 항구에서

멀어지며,

머나먼 요람의 영혼에게 선체가 이끌린다고
느낍니다.

7

여름, 소나기, 하늘에서 번쩍이는 번갯불.

내레이터

날이 무척 덥습니다. 푹푹 찌는 8월입니다.
저녁이면 뇌우가 쏟아지고요. 어제는
소나기가 내려 연못이 범람하는 바람에
뽕나무 밑동까지 버드나무 숲 전체가 물에
잠겼답니다.
티티새들이 나무 그늘에 진을 치고 벌레들을
잡습니다.
어찌나 더운지 파리들이 서랍장이며
무용지물이 된 피아노의 상아 건반에까지
새까맣게 들러붙어 있습니다.
로즈먼드 에바 체니는 피아노를 완전히

그만두었습니다.
뉴욕을 떠나 고향 마을로 돌아왔지요. 지금은
제너시오의 여학교에서 첼로와 노래를
가르칩니다.
3년이 마치 하루처럼 훌쩍 지나갔네요.

오십 줄에 들어선 로즈먼드는
날이 너무 더워, 악보를 둘둘 말아
팔 밑에 끼고 담벼락 그늘을 따라
마을 학교로 걸어갑니다.

나비들도 송악의 두꺼운 잎사귀들 아래로
숨어들어 잠들었습니다.

마루의 나무 바닥재들조차 한여름의 열기와
고통스러운 애도 속에서 더 이상
삐거덕 소리를 내지 않습니다.
주름 잡힌 커튼 사이로
그래도 뭔가 움직이네요.
누군가가 열린 창문으로 몸을 기울입니다.

예전에, 혼자 있을 때 그는 종종 옷을
벗었지요.
찌는 듯한 더위에
소리 한 점 없는 적막한 오후,
몽롱한 상태에서
홀랑 벗은 몸으로,
불투명하며 지저분한 연못 속으로
슬그머니 들어갔답니다.

미지근한 물에 들어가면 기분이 좋았지요.
하얀 머리는 이끼 위로 내놓았고요.
연못, 작은 갈대밭, 그곳의 파수꾼인 멧새들,
박하들,
검은 오디들 안에는 그보다 훨씬 오래된
뭔가가 있답니다.
고요하고, 액체이며, 부드러운 무엇,
이곳에는 아마도 약간 죽은 무엇,
아무튼 팔팔하게 살아 있지 않은,
아주 소란스럽지 않은,
싸늘하지 않은—약간 미지근한—무엇,
사람보다 새와 형태가 더 흡사한 무엇,

부리로만
들릴 듯 말 듯 노래하는 무엇,
물결처럼 일렁이는 골풀들 사이로 미끄러져
들어가는 무엇,
물결을 파고들지 않으면서 두 발로 수면 위를
달려가는 작은 거미와 흡사한 무엇,
하늘이 퍼뜨리는 빛에서 떨어진 제 몫의
꽃가루를 찾으려는 무엇 말이에요.

하늘에는,
옛날에는,
손을 맞잡고 어두운 침실로 들어가는
연인들의
벌써부터 바르르 떨리는 더욱 밀착된
알몸들처럼
둘이란 수는 존재하지 않습니다.

나룻배 안에는,
어둠 속에 수수께끼처럼 달랑 노 하나가
변화무쌍한 물속으로 들어가지 않고
축축한 배 밑창에 남아 있습니다.

훤히 외우는 시를 한 곳 내지 두세 곳을
수정해 사랑하는 여인에게 신호를 보냅니다.
"여인들이 눈물을 흘려야 하기 때문이라네."
"그러고 보니 당신이구려."
"흔들리네, 소리 없이 흔들리네. 그래, 나야,
여보."

무덤 위에서 자라는 송악은 뜯어내기가
힘들어,
뜯어내고 절단하고 잘라내면 잘라낼수록
더 무성해지고 더 어두워지고, 잿빛이고
빽빽해져 숨 막히게 합니다.
송악은 시간 같은 거랍니다.
이렇게 외치지요.
"숨 막혀, 숨이 막혀!
포옹이 언제쯤 그치려나?"
달콤하고 두껍게 결정화된 가을 꿀 냄새를
진하게 풍기는 송악만 그런 건 아니랍니다!
인동덩굴만 그런 것도 아니라서,
그처럼 거대한데도 현관 지붕 위로
계속 퍼져 나가지 않습니까!

몹시 느리고 더딘 등나무만 그런 것도
아니랍니다. 축축 늘어지고, 그루터기로
철책을 점령하고, 과수원을 둘러싼 벽들을
묵직한 꽃송이로 빠짐없이 감싸는데,
이 모든 게 짓누름과 속박, 족쇄, 매듭, 포옹,
애무랍니다!

"오직 당신, 당신만이 더욱 투명해졌지.
당신 얼굴이 사라지지 않고 해쓱해지고,
하얘지고, 움푹 꺼지고,
얇아지고,
물러나고, 멀어져 가는 거야."

썰물로 드러난 모래땅에서
햇빛을 받아
회색빛을 띠다가 백악처럼 하얗게 변하는
조가비가 바위에 들러붙어 있듯이,
차츰 마디가 굵어지며 꼬이고 졸라매지는
해묵은 송악이 정원의 이끼 낀 벽에 들러붙어
있듯이
그는 자신의 사랑에 집착해 있는 겁니다.

"결혼식 날이 기억나. 우리가 성당에서
나오자, 메러디스의 열다섯 살 난 종치기 소년
두 명이 황급히 달려가 믿을 수 없을 만큼
힘차게 종들을 잡아당겼지.
종소리가 슬레이트 지붕 아래로 울려 퍼져
이끼 위로 길게 끌리다가,
궁륭의 그림자 안으로 휘어드는 거야.
놀랄 만큼 강렬한 순도純度를 지닌 종소리에
내 상반신이 바들바들 떨렸어.
심장도 두근거렸고.
수놓인 큼지막한 하얀 드레스와 하얀 리본에
휩싸인 에바,
그리고 검은 프록코트 차림에 실크해트를
손에 쥔 나,
우리는 이심전심으로 사시나무 떨듯 온몸을
떨었지.
하지만 그건 세 가지 음을 내는
카리용[1]에 불과한 게 아니라

1 카리용carillon은 모양과 크기가 다른 종들을 음계 순서로 달아 놓고 치는 타악기로 교회 탑에 달려 있다.

한 마리 뱀이었어.
척추를 따라 목까지 기어올라
목을 조르는
행복의 뱀이었다고!

솔에서 시작하는 3도 음정 둘, 그리고 오래된
돌 위에서 울리는 공명,
청석돌과 들판의 신선한 냄새,
이런 것들이 성당으로 올라가는 양가 가족의
행렬 주위로
기다란 소리의 원들을 만들어.
모두가 보통 걸음으로 느릿느릿
걷기 시작했어. 아마 두려움에,
이상한 예감에 짓눌려서 그랬을 거야.
좀 헐거운 기다란 원들이 차츰 더 길어지면서
보다 단순해지고 점점 명랑해지며
여자들과 남자들을 집어삼켰어.
세 개의 3도 음인 **레**ré **시**si **솔**sol.
나는 포치 아래로 들어서면서 대리석 성수반
앞에 무릎을 꿇고 싶었지.
에바, 에바, 난 당신이 어떤 감정을 느끼는지

모르겠어.
내 품 안에서 왜 바들바들 떠는 거지?

죽은 사람들이 자신의 죽음을
완성했을지라도,
당신도 알겠지만,
그들의 사연이 과거에 속하려면 시간이
필요한 법이야.
하지만 많은 사람이 생전에 자신의 삶을
완전히 완성하지 못하고 죽잖아!
그래서 그들이 남긴 추억이 흩어지기 전에
그들의 종말을 자꾸 이야기할 필요가 있어.
그들의 얼굴이 사라지기 전에
눈물에 젖은 얼굴을 자주, 자주, 자주
닦아 줘야만 해."

그는 상아 건반에서 시선을 돌려 문을 바라본다. 문이 열리지 않는다. 그의 연주가 멈췄다.

지금 그는 촛불의 희미한 빛 속에 양손을 들어 올린 채 귀를 기울인다. 사각거리는 비단 드레스 소리가 들린다.

오! 그녀의 유령은 정말로 진짜 사람 같군요.
그는 유령과 더불어 생활하고,
유령에게 자주 말을 건넵니다.
자신이 세상에서 마주치는 이런저런 것들의
아름다움에 대해
그리고 계절마다 바뀌는 다른 순간들을
자기 내면의 그녀가 속삭이는 추억들과
비교해 가며 알려 주는 거지요.
"내가 미쳤나? 시력이 잘못된 건가? 망자들의
세계에서 아내가 귀환하는 모습이 보이는 것
같네!"
그가 눈물을 흘립니다. 강렬한 빛을 향해
조심스럽게 두 손을 내미는군요.
"나 미친 거야?"
"그래요, 여보." 그녀가 상냥하게 대답합니다.
"그래요. 차라리 잘됐어요, 미쳤으니까!"
그녀가 살포시 그를 끌어안습니다.
배와 배가 맞닿네요.
서로 배가 맞닿자 몸이 떨리는 걸 좀 보세요!
하지만 그는 아무것도 느끼지 못합니다.
불현듯 모든 게 허공으로 흩어져 사라집니다.

내리깐 시선에는 오직 흑단 건반의 검은 빛과
상아 건반의 물처럼 지독히 창백한 빛 위로
솟은 음표들이 보일 뿐입니다.

어느 날 핑거레이크스의 작은 마을에서
한 사제가 한가한 시간에 새들의 노래를
기보합니다. 아내가 가꾸고 심고 상상하고
꿈꾸던 정원에 남겨진 추억이 너무도
소중해서죠. 그러자 신도들이 자신들의 죄와
두려움보다 작은 꽃들과 죽은 아내에게 빠져
있는 사제에게 냉담하게 등을 돌립니다.
교구 신자들끼리 모여 작성하고 대부분이
서명한 비난 성명에는 이렇게 씌어 있습니다.
"당신은 하느님의 창조물인 인간보다
구상물인 자연에 더 관심을 기울이고
있습니다. 꽃들, 멧새들과 연못의 왜가리들은
돌보면서, 혼자 사느라 고통스러운 교단의
여인들, 당신의 내방과 위안을 앞다투어
간청하고 바라는 과부들, 오매불망 당신의
자비를 기다리는 가난한 사람들, 당신의
사죄 선언을 듣고 싶어 하고 기도를 애원하는

죄지은 사람들과 번민하는 이들에게
소홀합니다."
사제가 평생을 바쳐 기록한 개똥지빠귀들과
참새들의 노래, 살랑거리는 외풍 소리,
양동이에 똑똑 떨어지는 물방울 소리를
발견한 음악학자들은 손으로 입을 가리고
웃음을 터뜨립니다. 박물학자들은 어깨를
으쓱하고요. 비평가들은 표현이 빈약하다며
이렇게 혹평합니다.
"이건 음악이 아니에요!
음악은 인간이 만드는 겁니다!
구성된 거라고요. 그 점에서
시미언 피즈 체니 사제가 보라색 오선지에
기보한 음악은 그저 벌레들이 내는
따닥따닥 소리, 문이 쾅 닫히는 소리,
새는 수도꼭지에서 방울방울 물이 떨어지며
신경을 긁어 대는 소리에 불과합니다!
바다의 단조로운 파도 소리처럼
지루하기 짝이 없군요!"
이제 학자들은 시미언 피즈 체니가
자연 그대로의 멜로디를 인간 음계의 임의적

기보에 억지로 편입시켰다고 비난합니다.
이제 순수한 자연의 삶 예찬자들이
그의 노력을 헐뜯습니다.
이제 생태학자들이 그를 고발하고
나섭니다. 그들이 "당신은 새들을 새장에
가두었소"라고 두 볼이 움푹 팬 죽은 이에게,
하얀 턱수염의 엄격한 사제에게 말합니다.
그가 한 일이라곤 아름다운 기원의 소리들에
인간의 귀를 약간 기울였을 뿐인데 말이죠.
뉴욕의 주교는 제너시오 신부의
'불쾌한 야만성unpleasant wildness'을
개탄합니다.
교구 신자들은 그를 쫓아내려고 하지만 끝내
뜻을 이루지 못합니다. 음악 출판업자들은
그가 쓴 악보의 출간을 거절합니다.
사제가 반론을 제기했기 때문입니다.
그는 자신의 정당성을 주장했지요.
그는 이렇게 썼습니다.
"새들의 노래에는 천국의 무엇이 있다.
하느님은 에덴에서 새들에게 영벌을
내리지 않으셨다."

8

노르스름한 회색빛이다.

거실은 더욱 청결하고 더욱 냉기가 돈다. 함메르쇠이[1]의 아파트 내부처럼.

내레이터

사제의 딸은 아버지의 수입을 늘리기
시작했습니다. 마을에서 원하는 아이들에게
소형 피아놀라[2]로 솔페지오 교습을 해서

1 빌헬름 함메르쇠이Vihelm Hammershøi(1864~1916)는 덴마크의 화가로 회색을 많이 사용해 침묵과 신비감을 연출한 실내 공간을 그렸다. 천성이 고독하고 우울했던 그는 빛을 싫어해 어두운 방구석의 어스름한 가구나 헐벗은 벽의 둔탁한 색의 조화, 황혼 녘의 어슴푸레한 빛에 침잠했다.

2 자동 기계장치 피아노.

말이죠.

그 이후에 피아놀라에서 첼로로 바꿨어요.

피아노 교습은 노래 교습으로 바꿨고요.

사제의 외동딸이 정원에 나타난다. 더 나이가 들고 굼떠진 모습이다. 미망인처럼 깃을 세운 검은 부인복 차림이다. 희끗희끗한 머리를 틀어 올려 창백한 이마가 고스란히 드러나 있다.

레이스로 된 작은 깃.

약지손가락에 낀 아름다운 금반지.

그녀는 아버지가 써 놓은 마지막 멜로디들을 보완해 아버지의 유고집을 막 출간한 터이다.

20년 앞서 샬럿 브론테[3]가 동생 에밀리의

시들을 유고집으로 낸 것처럼,

그녀 역시 사방에서 거절당하던 아버지의

책을 유고집으로 출간했습니다.

3 샬럿 브론테Charlotte Brontë(1816~1855)는 1840~1850년대까지 작가로 활동한 영국 요크셔 출신의 세 자매(샬럿, 에밀리, 앤) 중 맏이이다.

내레이터는 로즈먼드 에바 체니를 향해 돌아선다.

내레이터

행복해 보이시는군요.

로즈먼드는 주의 깊게 그를 바라본다.

로즈먼드

내게서 뭔가가 빠져나간 느낌이 들면서
행복해졌어요.
강물은 흘러가면서 희한하게도 이름이
바뀌잖아요.
아버지는 어머니에게서 정원에 대한 사랑을
이어받았어요. 아버지는 평생 그 일을
수행하셨고, 이제는 제가 돌봅니다.
이제는 감동도 제 몫이죠.

아버지는요, 엄마의 목소리를 이어 갔어요.
엄마의 목소리가 내리는 지시들을 어김없이
이행하셨지요. 예전에 엄마가 애지중지하던
꽃들에 대한 사랑도 그대로 답습했고요.

저는 말이죠, 아버지의
기다랗고 하얀 수염과
생기 없는 두 눈이
지시하는 바를 따른답니다.
아직 앙증맞은 다리로 아장아장 걷던
어린애였던 제게 끊임없이 하시던 아버지
말씀이 다시 들리거든요. 저음의 굵직한
설교자의 목소리에 때론 제 온몸이
굳어졌어요.
아빠는 종종 이렇게 말씀하셨죠.
"여기는, 그저 밤에 흙구덩이를 적실 정도로
물을 조금만 주거라.
저기는 살살, 아주 살살 물을 줘야 해.
맨 아래 잎사귀들이 물에 잠길 정도로 주면
안 된다. 그러면 썩어.
여기는 뿌리 둘레의 흙을 파고 흠뻑 주거라.
그리고 또다시 물을 줘야 한다.
이곳은 말이지, 곡괭이나 삽을 가져오는
수고가 필요하겠는걸, 작은 고랑을 파야
하니까. 물이 흘러 주변 뿌리들에도 골고루
스며들게 해야 한단다.

여길 좀 봐라, 로즈먼드, 축축하게 적시는
걸로 충분해."

아빠, 저도 좀 봐 주세요, 제 눈에 눈물이
흥건하잖아요!
뉴욕의 항구에서 갈망과 욕망으로 번뜩이는
제 눈빛에도
남자들은 제가 쌀쌀맞아 보인다며
마치 페스트인 양 절 피해요.
저는 바싹 마른 작은 뿌리였어요.
저는 아버지라는 한 남자의 무관심으로
물기가 말라 버린 작은 뿌리라고요.
남자들은 불편한, 특히나 불행한 여자는
좋아하지 않아요.
저는 오열하며 엉엉 울고 싶어요.
물뿌리개를 가져올게요.
팬지, 아네모네, 달리아,
어디서 왔는지도 모를 가련한 개양귀비,
이런 꽃들에겐 물을 아주 조금만 줄게요.
애처로운 파란 서양지치, 연못을 둘러싼
낡은 담벼락에 난 스위트피,

장미꽃들에는 아주아주 조금, 열기에 땅이
갈라지지 않을 만큼 소량의 물만 줄게요.
조심스럽게 물과 서늘함, 그늘[4]을
부어 줄게요.

미스 로즈먼드 체니가 나간다. 무대를 둘러싼 주름 잡힌 커튼 폭들의 어둠 속으로 들어간다.

X자 모양의 소형 접이식 의자를 들고 돌아와서 무대 앞면에 펼친다. 다시 나가더니 이번에는 첼로와 보면대를 가지고 돌아온다. 양모 베레모 아래로 야위고 파리하고 불안한 맨얼굴이 드러난다. 세월이 흘러 쭈글쭈글 주름이 잡힌 목에는 진품인 짧은 진주 목걸이가 걸려 있다. 그녀는 X자형의 작은 벨벳 의자에 앉고, 허벅지 사이에 첼로를 끼고, 음을 조율하고, 입을 벌리고, 바야흐로 노래 부를 채비를 한다. 다시 정신을 차린다. 가브

4 원서의 'le chant dans le chant'을 궁여지책으로 '그늘'로 옮겼음을 밝힌다. 축자적으로 옮기면 '노래 안의 노래'이고, 원래의 뜻은 '띠처럼 길고 폭이 좁은 평면'을 가리킨다. 그 둘의 다성적 울림을 작가가 염두에 두었으리라 짐작된다. 물뿌리개로 물을 줌으로써 '서늘함ombre'을 주고, 물뿌리개의 그림자가 '땅에 그림자를 드리워 좁고 긴 그늘'을 만들게 될 것이다.

리엘 포레의 「요람」을 빠르게 피치카토로 연주하기 시작한다.

이윽고 침묵.

그러고 나서 간신히 자신이 반주—아버지의 방식 꼭 그대로—를 넣으며, 아주 천천히, 목청껏 자장가를 부른다.

내레이터

1895년 10월 22일 오전 11시,
경찰관 세 명이 제너시오 사제관으로 가는
골목길을 차단하고 교통을 통제합니다.
음산한 가을 날씨. 구름이 잔뜩 끼었군요.
제법 쌀쌀합니다. 겨울용 긴 코트나
반코트 차림의 스무 명 남짓한 사람이
복작거립니다. 사제관 문에 부착한 현판懸板
제막식에 참석하러 온 거지요. 사제의
외동딸이자 첼로와 노래 교습 선생인
미스 로즈먼드 에바 체니는 부친을 기리는
글귀를 현판에 새기게 했습니다.
"1818년 4월 18일 뉴햄프셔주
메러디스에서 출생하고 1890년 5월 10일

이 집에서 사망한
시미언 피즈 체니는
사제이며, 작곡가, 뉴잉글랜드의
조류학자였다."
로즈먼드 에바 체니는 저축한 돈을 몽땅 털어
자비로 부친의 책을 케임브리지 대학교에서
출간하기에 이릅니다. 속표지에는 부친의
상반신 사진도 실렸습니다.
로즈먼드는 인도에 X자형 접이의자를
펼쳤습니다. 옆면이 예쁜 녹색 벨벳—
매우 꽉 조인 탓에
거의 스웨이드 가죽처럼 보이는—
으로 된 의자는 현관문과 2단짜리 계단
맞은편에 놓였습니다.
그녀가 집에서 첼로를 가지고 나왔습니다.
그리고 X자형 접이의자에 앉았어요.
엔드핀을 꺼내, 양 무릎 사이에 악기를
끼고는 음을 조율했습니다.
몇몇 교구 신자가 그녀를 에워싸고
존경과 동정 어린 눈빛으로 말없이 그녀를
지켜봅니다.

피치카토 음들이 솟아오릅니다.
그녀가 목소리를 가다듬더니
노래를 부릅니다.
그와 동시에 무대 위에 우르르 쾅쾅
천둥소리가 울립니다.
갑자기 아주 어두워집니다.
로즈먼드는 부친의 음악에 완전히 몰입되어
혼신을 바쳐 연주합니다.

바로 그 순간 천둥과 번개가 치고 한바탕 소나기가 쏟아진다.

눈부신 섬광이 칠흑 같은 어둠을 가르며 번쩍인다.

내레이터

지금은 모인 사람들의 머리 위로 보슬비가
내리기 시작합니다. 그녀가 첼로 반주로
시미언 피즈 체니의
「새들의 스트로프Les Strophes des oiseaux」를
노래합니다.
돌연 소낙비가 내립니다.
맹렬한 기세로 퍼붓는 소나기가,

굵은 빗줄기가 쏟아져 내립니다.
금방 우산을 펼쳐 들지만 너무 거센 빗줄기에
신도들이 부랴부랴 골목길을 빠져나갑니다.
돌풍이 붑니다. 로즈먼드 에바 체니는
어떻게든 첼로가 비에 젖지 않게 신경 쓰며
흐느끼면서 사제관으로
뛰어 들어갑니다.
옆면이 꽉 조인, 아주 부드럽고,
직물 표면이 짧게 깎인,
녹색 스웨이드 천 소형 접이의자가
인도 위에
동그마니 남아
비에 젖네요.

로즈먼드는 비를 피해, 사제관 실내에서 첼로를 손에 쥔 채 유리창 너머로 바다에서 비롯된 갑작스러운 폭우를 바라본다.

번쩍이는 강렬한 섬광들로 인해 빛과 폭풍우, 번갯불과 뇌우를 동반한 절대 암흑의 느낌을 준다.

우르르 쾅쾅 하며 돌연 엄청나게 큰 천둥소리가 울린다.

로즈먼드

오! 무지개!

정원 한가운데 무지개가 뜬다.

로즈먼드는 첼로를 바닥에 내려놓고 정원으로 달려 나간다.

로즈먼드는 무대 안쪽에서, 정원 안쪽에서, 연못 옆에서 관객에게 등을 돌린 채 무지개를 바라본다.

사제가 철책 쪽에서 정원으로 들어온다. 출간된 자신의 책을 두 손에 들고 '창문 겸 문'으로 들어와 거실의 옷걸이에 외투를 건다.

내레이터는 무대 오른쪽에서 일어나 옷걸이에 윗옷을 건다.

그가 낭송한다. 즉 몸짓으로 낭송하는 흉내를 낸다.

두 사람은 최초의 몸짓들, 일상적 몸짓들을 말없이 마임으로 표현한다.

사제가 책을 덮는다.

내레이터는 악보들을 덮고 가지런히 정돈한다.

시미언과 나, 우리는 말없는 팬터마임 배우들 같다.

강렬한 조명을 받으며 우리는 마주 선다.

서로가 서로를 완벽하게 비추는 반영이다.

우리는 외투를 입고, 벗고, 서로 도우며 옷걸이에 건다. 우리는 똑같은 행동을 하면서도 서로 다르다. 내가 시미언의 모든 행동거지를 약간 시차를 두고 흉내 내기 때문이다.

시미언 피즈 체니 사제는 매우 연로한 탓에 안락의자로 가서 앉아 무릎 위에서 손가락으로 피아노 치는 시늉을 한다.

나 역시 나이 먹은 탓에 피아노 의자로 가서, 시미언과 마주 보며 앉아, 그를 바라보며 무릎 위에서 손가락으로 피아노 치는 시늉을 한다.

오랫동안 우리 둘 다 소리 없는 음악을 연주한다. 그동안 서서히 어둠이 내린다.

로즈먼드가 느린 걸음으로 돌아온다. 정원 안쪽 하늘에는 여전히 무지개가 떠 있다. 사제관 실내로 들어온 그녀는 거실에서 우리에게 다가온다. 우리 손을 잡고 무대 가장자리로 이끈다. 우리 세 사람은 말없이 관객에게 인사한다.

낙원을 복원하기

이 책은 출간되자마자 도빌 시의 '책과 음악상'을 수상한다. 음악을 영혼으로, 문학을 육신으로 지닌 키냐르에게 문학과 음악을 분리하지 않는 상을 받게 된 것이 무척 의미 있었던 듯하다. 공쿠르 상을 받았을 때(2002)보다 더 큰 기쁨을 표시하며 수상 소감을 이렇게 전한다. "이 책은 음악에 대한 찬가입니다. 죽은 이들에 대한 애도와 그리움의 음악, 위로가 되는 음악, 새들의 노랫소리에 담긴 생생한 자연의 소리 같은 그런 음악 말입니다."

작품 한 쌍의 닮은 점과 다른 점

키냐르 자신이 책의 서두에서 밝히고 있듯이 『세상의 모든 아침』(1991)과 『우리가 사랑했던 정원에서』(2017)는 한 쌍을 이루는 작품이다. 둘은 쌍둥이처럼 닮았다.

26년의 간격을 두고 출간된, 17세기 비올라 다 감바의 연주자이며 작곡가인 생트 콜롱브의 이야기와 19세기 가톨릭 사제이며 최초로 새소리를 기보한 음악가인 시미언 피즈 체니의 이야기는 (1) 집필 동기가 동일하고(우울증과 겨울을 견디기 위한 글쓰기), (2) 주제가 동일하고(음악이란 무엇인가), (3) 접근 방식이 동일하고(과거에 매몰된 인물을 소환하고, 지극히 빈약한 정보를 토대로 망자의 삶을 상상력으로 재구성하기), (4) 주인공의 상황이 동일하다(사별한 아내에 대한 사무친 그리움을 음악으로 승화시키기)는 점에서 그러하다.

물론 큰 줄기는 거의 동일하지만, 세상에 똑같은 두 개의 물방울이 없듯이, 가지를 뻗어 감에 따라 둘 사이의 크고 작은 차이점들이 점차 드러난다.

선명하게 드러나는 차이점을 들자면 다음과 같다.

우선 (2)의 경우, 음악이 세속의 명예를 위한 수단이나 청중을 위한 것이 아니라 오직 실현되는 즉시 소멸되어야 한다는, 즉 그 자체로 완전 연소되는 음악의 순수성을 추구하는 생트 콜롱브는 자신의 곡들을 출판하지 않고 혼자 간직한다. 반면에 음악의 영역에서 기존의 경계를 허물고 '음악 이전의 음악'(새소리를 비롯한 자연의 음악)으로 거슬러 올라가 기원에 이르기를 꿈꾸는 체니는 끊임없이 출간을 위해 노력하지만 번번이 좌절을 맛본다. 물론 이것은 두 주인공이 지닌 음악의 본질에 대한 이견異見은 아니다.

(3)의 경우, 이미 수 세기 전에 역사에 묻힌 인물인 탓에 이름이나 족적이 아닌 세세한 신상 정보는 거의 전무하다. 한두 가지 실마리에 불과한 이런 척박한 토양은 상상력에 그만큼 더 큰 자유를 부여한다. 역사소설이나 전기傳記를 쓰는 것이 아니기 때문이다. 작가는 생트 콜롱브에게 두 딸이 있는 것으로, 시미언에게는 원래 있는 아들을 딸로 바꿔서 새로운 삶의 얼개를 마련한다.

하지만 좀 더 두드러진 차이는 장르이다. 『세상의 모든 아침』이 소설이라면, 『우리가 사랑했던 정원에서』는 '소설과 희곡의 중간' 혹은 '이야기récit와 산문시, 희곡이 어우러진 형태' 등등. 의견이 분분하다. 작가 자신은 그저 일본의 전통극인 '노能'와 흡사하다고 말할 뿐이다. 세 명의 배우(시미언, 내레이터, 1인 2역의 로즈먼드와 에바)가 최소한의 소도구만 놓인 널찍한 무대에서 구슬프고 느리게 움직이며 전개되는 이야기를 어떤 장르에 편입시키면 좋을까? 비록 막幕과 장場의 구분은 없지만, 공연을 전제로 쓰인 이 작품이 희곡이라는 것이 내 생각이다. 더 정확히 말하면 초혼극招魂劇. 키냐르가 망자인 시미언을 불러내고, 시미언이 죽은 아내 에바를 목 놓아 부르는 이중의 초혼극.

두 겹인 것은 부녀 갈등을 축으로 전개되는 줄거리도 마찬가지다. 아내의 죽음이 딸의 탓이라 여기며 영원한 애도에 잠긴 노老음악가와 아버지의 원망과 무관심으로 물기가 바싹 말라 버린 뿌리처럼 살아가는 딸의 운명에 관한 이야기이므로.

새소리—음악 이전의 음악, 기원의 음악

시미언은 미국 뉴욕주 제너시오의 사제관 정원에서 지저귀는 새들의 노랫소리를 기보한 최초의 음악가이다. 뿐만 아니라 바람 소리, 갈대 소리, 나무에 떨어지는 소낙비 소리…… 뜨개바늘이 내는 따닥따닥 소리, 맥박

소리, 심지어 우산이며 외투 같은 사물에서 나는 독특한 소리까지도 오선지에 기보했다.

그가 새소리를 비롯한 야생 그대로의 음악 시퀀스들을 기록하는 첫걸음을 내딛지 않았다면, 두 번째 세 번째로 이어지는 발걸음도 없었으리라. 드보르자크가 그의 유고집 『야생 숲의 노트*Wood Notes Wild*』(1852)를 읽으며 작곡한 현악 4중주 제12번은 없었을 테고, 라벨도 피아노곡 「거울Miroirs」의 두 번째 곡인 '슬픈 새들Oiseaux tristes'을 쓰지 못했을 뿐 아니라, 한 세기가 지나서 올리비에 메시앙이 "새들은 지구상에서 가장 위대한 음악가이다"■라고 말하며 「새들의 카탈로그Catalogue d'oiseaux」를 발표하는 일도 없었을 것이다.

하지만 '음악 이전의 음악', '기원의 음악'이 담긴 시미언의 원고는 그의 부단한 노력에도 불구하고 생전에 출판사를 찾지 못한다. "자연 그대로의 멜로디를 인간 음계의 임의적 기보에 억지로 편입시켰다"(182~183쪽)라

■ 파스칼 키냐르, 송의경 옮김, 『부테스』, 문학과지성사, 2018, 38쪽.

는 비난이 쏟아졌을 뿐이다. 그의 책은 사후 3년이 되어서야 비로소 아버지의 묻혀 버린 작품을 알리려는 아들(이 책에서는 로즈먼드)에 의해 자비로 출간된다.

그로부터 거의 2세기가 지나 키냐르가 이 책을 읽게 된다. 그는 "이 구절에서 눈물이 핑 돌았다"(13쪽)라고 말한다.

> 생명이 없는 사물에게도 나름의 음악이 있다. 수도꼭지에서 반쯤 찬 양동이 속으로 똑똑 떨어지는 물소리에 귀 기울여 보시라.
> (『야생 숲의 노트』, 3쪽)

키냐르는 누구보다도 '자연의 음악'을 들을 줄 아는, '침묵'까지도 들을 줄 아는, '기원의 음악'을 추구하는 '작가-음악가'이다. 그는 시미언이 기보한 "양동이 바닥에 떨어지는 묘한 멜로디를 (나는) 끊임없이 연주"(13쪽)하며 망각에 묻힌 선구자를 언젠가 과거에서 불러내리라 다짐했을 것이다. 우울증이 도진 어느 겨울밤 드디어 이 초혼극의 집필이 시작되면서 그는 "소리들로 웅성거리는 기이한 사제관에 (나는) 불현듯 매료되"고, "죽은 아내에 대한 (그의) 사랑이 끊임없이 서성이는 이 정원에서 행복해지기 시작"(10쪽)한다. 그리고 시미언의 입을 빌려 자연의 소리에 귀를 기울이는 방법을 이렇게 설명하기도 한다.

> 주방의 돌계단 옆에서, 함석 홈통 아래서, 똑똑 떨어지는 빗방울 소리를 내며 울고 있는 양동이는 하나의 시편입니다! 겨울에, 사제관 복도로 난 현관문을 잠시 열면, 옷걸이에 걸린 케이프들과 모자들이 소용돌이치며 넘실거리는 아르페지오, 그것 역시 *Te Deum*찬미가입니다! (20쪽)

정원, 그것은 에덴이다

아내에 대한 그리움에 사무친 시미언은 마치 자석에 이끌리듯 정원으로 나간다. 아내가 생전에 사랑하고 가꾸던 '곳'에 깃든 그녀의 영혼이 그를 불러냈을 것이다.

그는 신앙생활을 소홀히 하며 온종일 정원 일에 매달린다. 그곳에서 지저귀는 온갖 새의 노랫소리를 기보한다. 그것이 너무 일찍 가 버린 아내의 삶을 연장시키고, 두 사람의 사랑을 영원불멸한 것으로 만드는 일이라는 믿음에서이다. 그에게 정원은 "늙지 않는 신비로운 얼굴", "심지어 나날이 젊어지는 경이로운 얼굴", "계절마다 한층 아름다워지는 얼굴"(55쪽)로서, 아내의 얼굴로 다가온다. 그러므로 그는 정원에서 행복에 젖는다.

> 아내가 사랑했던 정원에 있으면 나 자신이 그녀 안에 들어 있는 것처럼 느껴지기 때문이라고. 살아있는 그녀의 내면에 살아 있는 나. (30쪽)

자칫 감옥인 미로이자 하늘로 열린 능陵일 수도 있는 사제관의 정원이 그에게는 아내와 합일의 경지에 이르는 낙원이 된다. 정원이 '곳'인 동시에 죽은 아내의 변형태로 기능하기 때문이다. 그는 정원('곳')에서, 혹은 정원('아내')과 더불어 "꿈을 꾸는 사람처럼, 자신과 대화를 나누는 사람처럼, 낡은 집을 구경시켜 주는 사람처럼, 자신이 기억하는 어느 세계로 옮겨 가고 싶은 사람처럼”(24쪽) 살아간다. 요컨대 그는 이 세계에 있으면서 이 세계에 속하지 않는 존재가 된다. ‘지금의 정원’에서 ‘옛날의 정원’을 산다. 되찾은 혹은 복원된 낙원.

정원이라는 ‘곳’이 낙원이라는 증거로 그는 새들을 제시한다.

> 새들의 노래에는 천국의 무엇이 있다. 하느님은 에덴에서 새들에게 영벌을 내리지 않으셨다. (183쪽)

맞는 말이다. 아담과 이브는 에덴에서 쫓겨났지만 새들은 그렇지 않다. 새들은 옛날이나 지금이나 여전히 에덴의 주민이다. 에덴은 무엇보다도 식물성의 ‘곳’, 나무들과 꽃들이 우거진 정원이 아니던가! 새들은 자신들의 거주지에서 천국의 노래를 지저귄다.

사제관의 정원이 에덴임을 증거하는 흔적은 작중인물의 이름에서도 묻어난다.

아내의 이름 '에바 로잘바 밴스 체니Eva Rosalba Vance Cheney'에서 Eva는 '이브', Rosalba는 '장미'를 가리킨다. 딸의 이름 로즈먼드 에바 체니Rosemund Eva Cheney에서도 '이브'는 여전히 반복된다. 로즈먼드는 키냐르가 선호하는 음악가인 슈베르트의 극음악 「로자문데Rosamunde」 서곡의 여주인공 이름을 따온 것으로 보인다.

앞서 말했듯이, 이 텍스트의 얼개를 '부녀 갈등'을 축으로 전개되는 이야기로 이해할 경우, 갈등의 클라이맥스는 로즈먼드가 아버지의 사제관에서 쫓겨나는 사건이다. 마치 아담과 이브가 에덴에서 추방되듯이. 그 후 로즈먼드는 사제관으로 돌아와 평화를 되찾는다. 마치 시미언이 새소리를 기보하며 '거의' 에덴에서 '거의' 행복하듯이. 시미언과 로즈먼드의 이야기에서 언뜻 에덴의 에피소드가 비쳐 보인다. "슬픔은 불행이 아니라 불행을 치유하는 것"이라고 말하는 키냐르의 나지막한 목소리가 들린다.

그런데 축을 이동시키면, 즉 '부녀 갈등'에서 '정원 가꾸기'로 옮기면 이야기의 얼개는 훨씬 단순해진다. 아버지의 책을 유고집으로 출간한 직후에 로즈먼드는 이렇게 말한다.

> 내게서 뭔가가 빠져나간 느낌이 들면서 행복해졌어요. 강물은 흘러가면서 희한하게도 이름이 바뀌잖아요. 아버지는 어머니에게서 정원에 대한 사랑을 이어받았어요, 아버지는 평생 그 일을 수행하셨고, 이제는 제가 돌봅니다. 이제는 감동도 제 몫이죠. (189쪽)

그러므로 줄거리는 '에바의 정원 가꾸기-(에바의 죽음), 시미언의 정원 가꾸기-(시미언의 죽음), 로즈먼드의 정원 가꾸기'로 이름이 바뀌며 흐르는 강물처럼 흘러간다. 그저 독법의 다양성이라고나 할까.

아무튼 마침내 하늘에는 무지개가 뜬다.

그러므로 분명 해피 엔딩임에도 페이소스가 오래도록 여운으로 남는다. 마지막 장면의 잔상 때문이리라.

늙은 체니와 늙은 내레이터가 마주 앉아 무릎 위에

서 손가락으로 피아노 치는 시늉을 한다. 소리 없는 음악이 연주되는 동안 서서히 어둠이 내린다. 하늘에는 여전히 무지개가 떠 있는 가운데 나이 먹은 로즈먼드가 느린 걸음으로 들어온다. 그림자 같은 세 사람은 말없이 관객에게 인사한다. 함메르쇠이의 화폭 같은 어둠, 외로움과 고통이 지나간 자리에 떠오른 무지개, 기원의 소리 없는 음악, 마침내 깃든 평화와 고요……원서의 마지막 단어는 silence……이다.

2019년 7월
송의경

(P.S. 2018년 6월 18일 오후 2~4시까지 나는 키냐르와 '마지막 왕국'에서 마지막으로 만났다. '마지막'—그것은 노년의 작가와 번역자 모두가 무언중에 공감한 강한 예감이었다. 파리 마냉가街에 있는 그의 아파트에서였다. 이 책의 초역을 막 끝낸 터라 그와의 대화는 이 작품에 집중되었다. 그는 한국에서 공연이 계획될 경우 자신이 당부하고 싶은 말이 있노라고 했다. 그의 말을 여기 전한다.

첫째, 자신에게 알려 주면 좋겠다.

둘째, 연출자와 배우들이 함께 리딩 작업을 하면서 잉마르 베리만 식으로 자유롭고 과감하게 작품을 손질해서 만들어 가기를 권한다.

셋째, 로즈먼드와 에바 로잘바는 1인 2역이기를 희망한다.)

작가 연보

1948 4월 23일 프랑스 노르망디의 베르뇌유쉬르아브르(외르)에서 출생했다. 음악가 집안 출신의 아버지와 언어학자 집안 출신의 어머니 사이에서 태어난 그는 자연스럽게 식탁에서 오가는 여러 언어(프랑스어, 독일어, 영어, 라틴어, 그리스어)를 습득하고, 여러 악기(피아노, 오르간, 비올라, 바이올린, 첼로)를 익히면서 자라난다.

1949 18개월 된 어린 키냐르는 여러 언어를 사용하는 집안 분위기에서 기인된 혼란 때문에 자폐증 증세를 보이며 언어 습득과 먹기를 거부한다.

1950~58 이 기간을 르아브르에서 보낸다. 형제자매들과 전혀 어울리지 못하고 늘 외따로 지내기를 즐긴다.

1965 다시 한번 자폐증을 앓는다. 이를 계기로 작가로서의 소명을 깨닫는다.

1966 세브르 고등학교를 거쳐 낭테르 대학교에 진학한다. 레비나스의 지도 아래 '앙리 베르그송의 사상에 나타난 언어의 위상'이라는 제목의 논문을 계획하지만, 68혁명을 거치면서 대학교수가 되려는 꿈을 접고 논문을 포기한다.

1968 가업인 파이프오르간 주자가 되기로 마음먹는다. 아

침에는 오르간을 연주하고 오후에는 모리스 세브의 「델리Délie」에 관한 에세이를 쓴다. 원고를 갈리마르 출판사에 보내자 키냐르가 존경하는 작가 루이-르네 데포레가 답장을 보내 온다. 그의 소개로 잡지 『레페메르*L'Éphémère*』에 참여한다.

1969 결혼을 하고, 뱅센 대학교와 사회과학연구원EHESS에서 잠시 고대 프랑스어를 가르치며 첫 작품 『말더듬는 존재*L'Être du balbutiement*』를 출간한다. 이후, 확실한 시기는 알려진 바 없으나 아버지가 되면서 이혼한다.

1976 갈리마르 출판사에서 편집자, 원고 심사위원 일을 맡는다. (1989년에는 출간 도서 선정 심의위원으로 임명되고, 1990년에는 출판 실무책임자로 승진하여 1994년까지 업무를 계속한다.)

1980 『카루스*Carus*』로 '비평가 상'을 수상한다.

1985 『소론집*Petits Traités*』으로 '문인협회 특별상'을 수상한다.

1987 『뷔르템베르크의 살롱*Le Salon du Wurtemberg*』으로 벨기에에서 '주목할 만한 작품상'을 수상한다.

1987~92 '베르사유 바로크 음악센터'의 임원으로 활동한다.

1991 작품 전반에 대해 '프랑스 언어상'을 수상한다. 소설 『세상의 모든 아침*Tous les matins du monde*』을 출간하고, 직접 시나리오로 각색하여 알랭 코르노 감독과 함께 영화로 만든다. 소설과 영화 모두 대성공을 거둔다.

1992 조르디 사발과 더불어 '콩세르 데 나시옹Concert des Nations'을 주재한다. 미테랑 전 대통령과 함께 '베르사유 바로크 페스티벌'을 창설하지만 1년밖에 지속하지 못한다.

1994 집필에만 열중하기 위해 일체의 모든 공직에서 사임하고 세상의 여백으로 물러나 은둔자가 된다.

1996 갑작스러운 출혈로 응급실에 실려 갔다가 죽음의 문턱에서 가까스로 귀환한다. 이 경험을 전환점으로 그의 글쓰기가 크게 변화한다. 건강이 회복되자 일본과 중국을 여행한다. 특히 장자의 고향인 허난성 방문의 기억과 도가 사상의 영향이 집필 중이던 『은밀한 생*Vie secrète*』에 반영된다.

1998 새로운 글쓰기의 첫 결과물인 『은밀한 생』이 출간되고, '문인협회 춘계 대상'을 받는다.

2000 『로마의 테라스*Terrasse à Rome*』가 출간되고, 이 소설로

'아카데미 프랑세즈 소설 대상'과 '모나코의 피에르 국왕상'을 동시에 수상한다.
이후 1년 6개월간 심한 쇠약 증세에 시달리면서, 연작으로 기획된 '마지막 왕국Dernier royaume' 시리즈의 집필에 들어간다.

2001 부친이 별세한다. 아버지에게서 물려받은 성姓(사회에 편입된 존재의 표지)으로 인한 부담과 아버지의 기대어린 시선에서 벗어나 자신이 자유로워졌다고 느낀다.

2002 '마지막 왕국' 시리즈의 제1·2·3권에 해당하는 『떠도는 그림자들*Les Ombres errantes*』, 『옛날에 대하여*Sur le jadis*』, 『심연들*Abîmes*』을 동시에 출간하고, '공쿠르 상'을 수상한다.

2004 7월 10~17일까지 스리지라살Cerisy-la Salle에서 키냐르에 관한 첫 번째 국제학술회의가 개최된다.

2006 『빌라 아말리아*Villa Amalia*』로 '장 지오노 상'을 수상한다.

2008 『빌라 아말리아』가 영화(브누아 자코 감독)로 만들어져 개봉되지만 흥행에 실패한다.

2014 7월 9~16일까지 스리지라살에서 키냐르에 관한 두 번째 국제학술회의가 열린다. 정확하게 10년 만이다.

2017 『눈물들*Les Larmes*』로 '앙드레 지드 상'을 수상한다.

2018 『우리가 사랑했던 정원에서*Dans ce jardin qu'on aimait*』로 도빌 시의 '책과 음악상'을 수상한다.

작품 목록

L'Être du balbutiement, Mercure de France, 1969.
Alexandra de Lycophron, Mercure de France, 1971.
La Parole de la Délie, Mercure de France, 1974.
Michel Deguy, Seghers, 1975.
Écho, suivi de Épistolè Alexandroy, Le Collet de Buffle, 1975.
Sang, Orange Export Ltd., 1976.
Le Lecteur, Gallimard, 1976.
Hiems, Orange Export Ltd., 1977.
Sarx, Aimé Maeght, 1977.
Les Mots de la terre, de la peur, et du sol, Clivages, 1978.
Inter aerias Fagos, Malakoff, Orange Export Ltd., 1979.
Carus, Gallimard, 1979.
Sur le défaut de terre, Clivages, 1979.
Le Secret du domaine, Éditions de L'Amitié, 1980.
Petits Traités, Tomes I, Clivages, 1981.
Le Petit Cupidon, Nouvelle revue française, n° 341, 1981.
Petits Traités, Tome II, Clivages, 1983.
Les Tablettes de buis d'Apronenia Avitia, Gallimard, 1984.
Petits Traités, Tomes III, Clivages, 1985.
Le Vœu de silence, Fata Morgana, 1985.
Ethelrude et Wolframm, Claude Blaizot, 1986.
Le Salon du Wurtemberg, Gallimard, 1986.
Une Gêne technique à l'égard des fragments, Fata Morgana, 1986.
La Leçon de musique, Hachette, 1987.

Les Escaliers de Chambord, Gallimard, 1989.

Albucius, POL, 1990.

Kong-souen Long, Sur le doigt qui montre cela, Michel Chandeigne, 1990.

La Raison, Le promeneur, 1990.

Petits Traités, Tomes I à Ⅷ, Adrien Maeght, 1990.

Georges de La Tour, Flohic, 1991.

Tous les matins du monde, Gallimard, 1991(『세상의 모든 아침』, 유정림 옮김, 사계절, 1992; 류재화 옮김, 문학과지성사, 2013).

La Frontière, Michel Chandeigne, 1992.

Le Nom sur le bout de la langue, POL, 1993(『혀끝에서 맴도는 이름』, 송의경 옮김, 문학과지성사, 2005).

Le Sexe et l'effroi, Gallimard, 1994(『섹스와 공포』, 송의경 옮김, 문학과지성사, 2007).

L'Occupation américaine, Le Seuil, 1994.

Rhétorique spéculative, Calmann-Lévy, 1995.

La Haine de la musique, Calmann-Lévy, 1996(『음악 혐오』, 김유진 옮김, 프란츠, 2017).

Vie secrète, Dernier royaume Ⅷ, Gallimard, 1998(『은밀한 생』, 송의경 옮김, 문학과지성사, 2001).

Terrasse à Rome, Gallimard, 2000(『로마의 테라스』, 송의경 옮김, 문학과지성사, 2002).

Les Ombres errantes, Dernier royaume I, Grasset, 2002(『떠도는 그림자들』, 송의경 옮김, 문학과지성사, 2003).

Sur le jadis, Dernier royaume Ⅱ, Grasset, 2002(『옛날에 대하여』, 송의경 옮김, 문학과지성사, 2010).

Abîmes, Dernier royaume Ⅲ, Grasset, 2002(『심연들』, 류재화 옮김, 문학과지성사, 2010).

Les Paradisiaques, Dernier royaume Ⅳ, Grasset, 2005.

Sordidissimes, Dernier royaume Ⅴ, Grasset, 2005.

Pour trouver les enfers, Galilée, 2005.

Cécile Reims grave Hans Bellmer, Cercle d'art, 2006.

Triomphe du temps, Galilée, 2006.

L'Enfant au visage couleur de la mort, Galilée, 2006.

Villa Amalia, Gallimard, 2006(『빌라 아말리아』, 송의경 옮김, 문학과지성사, 2012).

La Nuit sexuelle, Flammarion, 2007.

Boutès, Galilée, 2008(『부테스』, 송의경 옮김, 문학과지성사, 2018).

La Barque silencieuse, Dernier royaume Ⅵ, Seuil, 2009.

Lycophron et Zétès, Gallimard, 2010.

Les Solidarités mystérieuses, Gallimard, 2011(『신비한 결속』, 송의경 옮김, 문학과지성사, 2015).

Medea, Ritournelles, 2011.

Les Désarçonnés, Dernier royaume Ⅶ, Grasset, 2012.

L'Origine de la danse, Galilée, 2013.

Leçons de Solfège et de piano, Arléa, 2013.

La Suite des chats et des ânes, P.S.N., 2013.

Sur l'Image qui manque à nos jours, Arléa, 2014.

Mourir de penser, Dernier royaume IX, Grasset, 2014.
Sur l'idée d'une communauté de solitaires, Arléa, 2015.
Critique du jugement, Galilée, 2015.
Princesse vieille reine, Galilée, 2015.
Vita e morte di Nitardo, Analogon, 2016.
Les Larmes, Grasset, 2016(『눈물들』, 송의경 옮김, 문학과지성사, 2019).
Le Chant du Marais, Chandeigne, 2016.
Performances de ténèbres, Galilée, 2017.
Une journée de bonheur, Arléa, 2017.
Dans ce jardin qu'on aimait, Grasset, 2017(『우리가 사랑했던 정원에서』, 송의경 옮김, 프란츠, 2019).
L'enfant d'Ingolstadt, Grasset, 2018.
Angoisse et beauté, Seuil, 2018.
La vie n'est pas une biographie, Galilée, 2019.

우리가 사랑했던 정원에서

발행일 2019년 7월 5일 초판 1쇄
2022년 6월 5일 초판 4쇄

지은이 파스칼 키냐르
옮긴이 송의경
편집 정미용
디자인 김영혜(닻프레스 datzpress.com)

펴낸이 김동연
펴낸곳 프란츠(Franz)
주소 서울시 광진구 아차산로 262 B-2203
전화 02-455-8442
팩스 02-6280-8441
홈페이지 http://franz.kr
이메일 hello@franz.kr

ISBN 979-11-959499-8-4 03860